LA HONTE
DE LA FAMILLE

EXBRAYAT

LA HONTE
DE LA FAMILLE

LIBRAIRIE DES CHAMPS-ÉLYSÉES

© EXBRAYAT, LIBRAIRIE DES CHAMPS-ÉLYSÉES, 1964.

Tous droits de traduction, reproduction, adaptation, représentation réservés pour tous pays.

I

Ils marchaient, la main dans la main, sans échanger un mot. Le soleil de mai jouant sur la mer aux vagues ourlées de blanc leur donnait l'impression d'être nimbés de lumière. Il avait vingt-deux ans, elle dix-sept. Des âges où l'on s'imagine sans cesse que le monde vous réserve des joies uniques. D'aussi loin qu'ils se souvenaient, ils s'aimaient. D'aussi loin qu'ils se souvenaient, toujours ils avaient su qu'il n'aurait pas d'autre femme qu'elle, qu'elle n'aurait point d'autre époux que lui.

Il venait de quitter le régiment, elle venait d'abandonner définitivement l'école où elle usait les heures de classe à écrire à son bien-aimé des lettres où les sentiments exprimés valaient mieux que la manière dont elle les exprimait. Mais, il n'y a que les sots pour se figurer que l'orthographe a quelque chose à voir avec l'amour. Ce jardin du Pharo où ils se promenaient à petits pas était pour eux une sorte d'antichambre du paradis. Elle le regardait avec admiration. Il la contemplait avec tendresse et il leur semblait qu'ils avaient un tel nombre d'années devant eux que cela ne finirait jamais. Une vieille femme les croisa et leur sourit. Ils lui sourirent avec un peu de pitié, se demandant comment il était possible qu'on puisse devenir vieux.

Ils prirent place sur un banc, à l'extrémité du promontoire et, un peu oppressés par la beauté d'un

spectacle pourtant familier, ils osaient à peine respirer. Elle appuya sa tête sur son épaule, de son bras il la serra contre lui et elle se mit à ronronner comme une chatte, puis soudain, se dégageant, elle tira de son corsage une médaille bénite et l'embrassa dévotement. Doucement, il demanda :
– Qu'est-ce qui te prend, Pimprenette?
– Je remercie la Bonne Mère de tout le bonheur qu'elle me donne!
– Parce que tu crois à la Bonne Mère, à l'enfer, au purgatoire, au paradis?
Elle s'écarta brusquement pour le regarder bien en face.
– Est-ce que le régiment t'aurait changé, Bruno? Tu n'aimes plus la Bonne Mère? Si c'est pour me dire non, ne me le dis pas, ça me ferait trop de peine!
Il l'embrassa, car il avait toujours envie de l'embrasser, même quand elle le déconcertait.
– Bien sûr que si, ma Pimprenette, j'aime toujours la Bonne Mère et, pas plus tard qu'hier, je suis monté à la Vierge de la Garde pour lui brûler un cierge afin que mon père dise oui et que le tien soit d'accord.
Soulagée, elle cria presque :
– Ah! tant mieux. Tu as failli me faire faire du mauvais sang!...
Il la reprit contre lui.
– Mais, ma chérie, si tu aimes la Sainte Vierge, tu tiens à lui plaire?
– Cette question! Naturellement!...
Il baissa la voix.
– Alors, pourquoi tu lui fais de la peine... en volant?
De nouveau, elle se dégagea, fâchée, cette fois.
– Tu me traites de voleuse?
– Eh! ma belle, qu'est-ce que tu es d'autre...
Indignée, elle se leva.
– Et voilà! Je pensais que tu m'avais amenée ici pour me parler d'amour et tu m'insultes!

Parce qu'elle était encore bien jeunette, Pamela Hadol, dite Pimprenette pour ses familiers, éclata en sanglots de gosse. Bruno Maspie n'avait jamais pu supporter de voir pleurer la petite et, lui prenant la main, la força à revenir près de lui.

– Ecoute-moi, Pimprenette... Depuis que tu as quitté l'école, à quoi travailles-tu?

– Mais...

– Chut!... Tu aides ton père à tromper les douaniers et tu chipes tout ce que tu peux chiper sur les quais.

– Ah! tu vois? Toi-même tu le dis : je ne vole pas, je chipe!...

– Le jour où les policiers t'arrêteront, ils ne seront sûrement pas très sensibles à cette différence de vocabulaire... Ça te plairait d'aller en prison?

– Moi? Tu es fou, Bruno, ou quoi? D'abord, les flics, ils ne m'auront jamais! Ils ne me voient pas...

– La Bonne Mère te voit, elle.

– Alors, elle se rend compte que je prends jamais rien aux pauvres!

Il soupira, désarmé. Pimprenette s'affirmait d'une immoralité si candide qu'on ne parvenait pas à lui en tenir rigueur. Il l'embrassa et elle chuchota :

– Tu m'aimes quand même?

– Comment veux-tu que je fasse pour ne plus t'aimer, alors qu'il y a si longtemps que je t'aime?

Elle ne réclamait rien d'autre et, ayant déjà oublié le motif de leur discussion, elle se pressa un peu plus contre lui, soupirant :

– Raconte-moi ce qu'on fera quand on sera mariés!

– Eh bien!...

– Non! Parle-moi d'abord du jour de notre mariage!

– On se mariera à Saint-Jean... mais il faudra, pour cela, que tu te confesses.

– Qu'est-ce que tu crois? Mais je communie trois fois par an, dis donc!

Bruno pensa que si Pimprenette était sincère – et elle l'était sûrement, mais ne rangeait sans doute pas parmi les péchés ce que les autres y classaient –, son confesseur devait en entendre de drôles. Sans deviner les réflexions de son fiancé, Pimprenette, volubile, expliquait :

– Papa me donnera la belle robe de mariée qu'il a rapportée d'Italie, maman m'a promis son collier de perles, tu sais celui...

– ... Celui qui a été volé il y a quinze ans à Cannes et que Dominique Fontans, dit le Riche, a vendu à ton père?

– Oui! C'est formidable la mémoire que tu as!

– Je crains que la police aussi ne s'en souvienne...

– La police? Et en quoi ça la regarde, la police? Papa l'a payé ce collier, non? Tu as de drôles d'idées par moments, Bruno.

Le garçon se contenta de sourire, puis de conseiller :

– Tout de même... J'ai peur qu'à notre mariage il y ait pas mal de policiers.

Elle regimba avec véhémence :

– Des flics, à notre mariage? Mais qui c'est qui les inviterait?

– On n'invite jamais des flics, comme tu dis, Pimprenette, ils s'invitent tout seuls... Tu comprends, si tous les amis de nos parents assistent à la bénédiction nuptiale, ce sera la plus belle réunion de « bagalenti »[1] qu'on aura vue sur la côte depuis trente ans! Tu penses que la police ne manquera pas une occasion pareille de venir voir si ses... protégés sont toujours en bonne forme et pour se remettre en mémoire certains visages... Alors, un conseil : garde ton collier pour le porter lorsque tu seras à la maison, les portes fermées,

---

1. Truands.

sinon tu risques d'aller passer ta lune de miel aux Baumettes...

— Ça serait pas juste...

— Et celle à qui on a piqué son collier, à Cannes, tu penses qu'elle a trouvé que c'était juste?

Visiblement perdue par ce raisonnement, Pimprenette hésitait.

— Il y a si longtemps...

— Crois-tu que si on te chipait ton collier, tu t'en ficherais dans quinze ans?

— Ah! non. (Boudeuse, elle ajouta :) Et puis tu m'embrouilles avec toutes tes histoires! Enfin, qu'est-ce que tu veux?

— Que tu ne voles plus...

— Et tu estimerais que ça serait bien que je reste sans rien faire?

— Tu pourrais travailler.

— Et qu'est-ce que je fais d'autre?

Il lui prit les mains dans les siennes.

— Ecoute-moi, Pimprenette... Je t'aime plus que tout au monde et je ne veux pas te perdre... Or, cela arriverait fatalement un jour si tu continuais comme maintenant. Combien d'années ton père a-t-il passées en prison?

— Je ne sais pas...

— Et ta mère?

— Oh! maman, pas beaucoup... moins que la tienne, sûrement!

— Ma mère, je ne la connais presque pas. Ma grand-mère nous emmenait la voir le dimanche derrière les grilles... et tu souhaiterais que nos enfants aient la même existence que nous?

— N...on.

— Qu'ils deviennent des voyous comme tous nos parents?

Ce coup-là, elle se dressa, le sang aux joues :

— Répète ce que tu as dit.

— Que nos parents avaient été des voyous.

— Oh!... j'avais bien entendu... C'est... c'est affreux! Tu es un monstre, Bruno! Tu oses insulter ceux qui nous ont donné le jour? Et tu prétends que tu respectes la Bonne Mère, elle que son divin fils a embrassée au pied de la croix?

Excédé, il leva les bras.

— Mais quel rapport?

— Tes père et mère respecteras!

— Quand ils sont dignes de respect!

— Oh! dis tout de suite que mon père est une canaille?

— Et qu'est-ce que c'est d'autre? Il vole l'Etat à longueur de journée!

— Il ne vole pas l'Etat! Il refuse de se soumettre à des lois qu'il n'approuve pas!

— Tous les criminels prétendent la même chose!

— Mais papa n'a jamais tué personne!

— A cause de lui, des hommes et des femmes ont vécu une partie de leur vie en prison, à cause de lui des douaniers ont tué des contrebandiers qui travaillaient sous ses ordres, à cause de lui des douaniers ont laissé des veuves et des orphelins et tu prétends que ton père n'est pas la pire des crapules?

— Je ne te pardonnerai jamais, Bruno! D'abord, de quel droit tu parles de cette façon? Ton père...

— Je pense la même chose de mon père, si cela peut te consoler.

— Tu iras en enfer!

— En enfer? Parce que je veux que tu sois honnête, que nos enfants soient élevés dans le respect des lois de notre pays? Mais tu es complètement fadade?

— C'est ça, insulte-moi, à présent! Hippolyte avait bien raison!

Bruno voyait rouge dès qu'il entendait le nom d'Hippolyte Dolo, son contemporain, qui, depuis presque aussi longtemps que lui, tournait autour de Pimprenette.

— A quel sujet, il avait raison, Hippolyte?

— Quand il m'assurait que je ne serais pas heureuse avec toi.

— Tandis que tu le serais avec lui, hein?

— Et pourquoi pas?

— Ça va, j'ai compris! J'ai refusé de croire ceux qui m'écrivaient que pendant que je me battais en Algérie, toi tu te fichais de moi avec Hippolyte!

— Et tu as toléré qu'on t'écrive des saletés pareilles sur mon compte? Tu as accepté ces mensonges? Voilà donc toute l'estime que tu as pour moi?

— Mais c'est toi qui me dis, Hippolyte...

— Je m'en fiche d'Hippolyte, mais je l'épouserai rien que pour t'embêter!

— Tu l'épouseras parce qu'il te plaît avec sa figure de fanfre[1]!

— D'abord, il n'a pas une figure de fanfre!

— Comme tu le défends!

— Je le défends parce que tu l'attaques!

— Je l'attaque parce que tu l'aimes!

— Puisque c'est comme ça, parfaitement, je l'aime! Il sera mon mari et il me laissera porter mon collier, lui! Et il ne me traitera pas de voleuse, lui!

— Naturellement, puisque c'est lui aussi un voleur qui finira au bagne!

— C'est bon... Bruno, je te dis adieu... Je te reverrai jamais... et tu ne seras pas le père de mes enfants!

— Tant pis pour eux!

— Et puis tu voudrais pas avoir des petits qui aient une voleuse pour mère, hein?

— Ce que je voudrais, c'est n'être jamais revenu d'Algérie. J'ai des copains, des braves gars qui ont été tués là-bas, pourquoi pas moi? Cela aurait tout arrangé et au moins je serais mort sans savoir que tu me trompais.

L'idée que son Bruno aurait pu être tué fit tout oublier à Pimprenette. Elle se jeta sur la poitrine du

---

1. Poisson.

garçon, le serrant dans ses bras, pleurant à chaudes larmes.

– Ne dis pas des choses comme ça, je t'en supplie, Bruno! Qu'est-ce que je deviendrais sans toi! Je ferai tout ce que tu voudras! Même je me placerai comme femme de ménage, si tu y tiens!

– Mais Hippolyte...

– Je m'en fiche d'Hippolyte! D'abord, il a une tête de fanfre!

Et plus rien n'exista pour eux que cette grande tendresse qui les submergeait...

– Ma Pimprenette...

– Mon Bruno...

– Je vois que vous seriez plutôt portés à vous entendre, tous les deux?

Les deux jeunes gens se détachèrent l'un de l'autre et, quelque peu confus, regardèrent celui qui leur souriait, un homme d'une cinquantaine d'années, grand et fort et qu'ils connaissaient bien : l'inspecteur Constant Picherande, qui avait eu l'occasion, depuis près de trente ans, d'envoyer tous les membres des familles Maspie et Hadol en prison, sous les motifs les plus divers. Loin de lui en garder rancune, on le considérait un peu comme une sorte de médecin de famille prescrivant des remèdes douloureux, mais obligatoires, et, bien qu'il n'acceptât jamais rien de ceux que son métier lui imposait de surveiller, il s'inquiétait de leur santé, car Picherande, quoi qu'il en voulût paraître, était d'âme tendre et aimait bien ses truands.

– Alors, Paméla, tu es contente d'avoir retrouvé ton Bruno?

– Bien sûr, monsieur Picherande.

Le policier se tourna vers le garçon :

– Si tu l'avais vue pendant ton absence, elle faisait pitié... (Il baissa la voix.) Tellement pitié que je t'avoue avoir un peu trahi mon devoir en souvenir de toi, Bruno... car deux ou trois fois j'aurais dû la coincer, mais je ne voulais pas que tu la trouves à la maison de correction... Je me suis contenté de l'engueuler sérieusement, mais tu penses, avec les parents qu'elle a, la pauvre!

Tout de suite, Pimprenette regimba, piquée au vif :
– Je ne veux pas qu'on parle mal de mes parents!
L'inspecteur soupira :
– Tu l'entends, Bruno? Enfin quoi, Pamela, tu l'aimes ou tu ne l'aimes pas, ton novi?
– Bien sûr, que je l'aime! En voilà une question idiote... Oh! pardon!
– Mais alors, si tu l'aimes, pourquoi fais-tu tout ce qu'il faut pour être séparée de lui?
Elle le considéra, ébahie :
– Moi?
– Espèce de tête de mule, est-ce que tu te figures que les lois ne sont pas applicables à Mlle Pamela Hadol et que je vais la laisser continuer à voler le bien d'autrui?
– Je ne vole pas, je chipe...
– Eh bien! compte sur le juge Roucairol pour te chiper quelques années de ta jeunesse, imbécile! Que ton père finisse ses jours en prison, c'est son affaire, mais, toi, tu n'as pas le droit de te conduire comme tu le fais puisque tu as la chance d'être aimée de Bruno! Et puis, tiens, j'aime mieux m'en aller, parce que je te flanquerais une tripotée comme à une petite merdeuse que tu es!

Et, sur ces fortes paroles, l'inspecteur Picherande planta là le couple un peu éberlué par cette sortie. La première, Pimprenette reprit ses esprits :
– Bruno... pourquoi tu l'as laissé me parler comme ça?
– Parce qu'il a raison.
– Oh!
– Ecoute-moi, Pimprenette : je désire être fier de ma

femme, je tiens à ce qu'elle puisse passer partout la tête haute.

Avec une candeur désarmante, la petite affirma :

– Personne peut rien dire sur moi ou, alors, ce seraient des mensonges, je le jure devant la Bonne Mère!

Découragé, Bruno Maspie n'insista pas. Il passa son bras autour de la taille de sa bien-aimée :

– Viens, ma belle... on reparlera de tout ça quand mon père aura dit oui et que ton père sera d'accord.

– Oh! papa, il fait toujours ce que je veux, mais ton père à toi, tu crois qu'il m'acceptera pour belle-fille?

– Et pourquoi ne t'accepterait-il pas?

– Parce que ton père, c'est quelqu'un. C'est Eloi Maspie!

Eloi Maspie était, en effet, quelqu'un dans le monde des truands marseillais. Tous ceux qui vivaient en marge de la loi le reconnaissaient pour leur guide, excepté les assassins, les trafiquants de drogue et les proxénètes, tous gens qu'Eloi considérait comme des hommes sans honneur et avec lesquels il ne voulait rien avoir à faire. A plusieurs reprises, sous la conduite de caïds éphémères, les tueurs et tous ceux vivant du commerce de la drogue et des femmes avaient essayé, par la violence, d'abattre la suprématie d'Eloi Maspie, mais ils s'étaient heurtés à tout le petit monde de la pègre marseillaise, infanterie dévouée qui, à chaque fois, avait su mettre durement à la raison les adversaires d'Eloi, sous le regard impassible des policiers attendant la fin de ces crises pour envoyer les vaincus à l'hôpital et les vainqueurs en prison. Depuis des années, les deux clans de la grande truanderie phocéenne s'ignoraient et s'efforçaient de vivre en une sorte de coexistence pacifique. Affermi depuis lors, le règne d'Eloi Maspie ne connaissait plus de rebelles.

Eloi était un Marseillais, né quarante-cinq années

plus tôt dans les quartiers du Vieux-Port que les nazis détruisirent. Un homme grand, plutôt mince et qui avait une haute opinion de lui-même. Ses parents, ses grands-parents, ses arrière-grands-parents avaient connu les prisons de tous les régimes et avaient considéré et considéraient les geôles impériales et républicaines comme des villégiatures inévitables, souvent ennuyeuses, mais auxquelles on se préparait dès l'enfance, ce qui en atténuait le caractère rébarbatif.

Aux générations de Maspie emprisonnées correspondaient des générations de gardiens les surveillant et cette continuité, de part et d'autre, dans une tradition respectée, créait des liens d'amitié sinon d'estime. Adèle Maspie, mère d'Eloi, avait ainsi connu celle qui devait devenir sa bru, Célestine. Les deux femmes couchaient côte à côte dans le même dortoir; et, dans les longues nuits de captivité, au cours de conversations inquisitoriales, Adèle avait décidé que cette jeune voleuse qui manquait de doigté, bien dressée, ferait une excellente femme pour son Eloi dont la réputation commençait à s'affirmer et dont chacun pressentait qu'il serait un grand Maspie. Eloi nourrissait une confiance entière dans l'expérience maternelle et ne souleva aucune difficulté pour épouser cette jolie Célestine qui tint les promesses pressenties par Adèle. Les deux conjoints menèrent une existence bourgeoise, sauf que des séparations subites les écartaient, à tour de rôle, l'un de l'autre, pendant des mois, voire des années, mais la famille s'arrangeait toujours pour que les femmes de la maison ne fussent jamais absentes en même temps, de telle sorte que le foyer pouvait continuer sans que l'Assistance publique y vînt mettre son nez. Ces séparations répétées empêchèrent Eloi de se lasser de Célestine et Célestine de se fatiguer d'Eloi. A chacune de leurs retrouvailles, c'était comme un nouveau voyage de noces dont, successivement, Bruno, Estelle, Félicie et Hilaire matérialisèrent l'enthousiasme.

Si Bruno, le fils aîné, inquiéta de bonne heure ses parents par son goût de l'étude, son souci de propreté corporelle et vestimentaire, Eloi et Célestine se rassurèrent en pensant que, devenu un homme, leur garçon serait, grâce à son instruction, un de ces escrocs dont la chronique marseillaise chanterait, quelque jour, les exploits. Mais, en dépit des espérances qu'ils entretenaient ou feignaient d'entretenir, ils ne laissaient pas d'éprouver une sourde angoisse : et si, malgré tous les exemples donnés, Bruno allait mal tourner, c'est-à-dire se ranger du côté de l'ordre et de la loi? Heureusement, les autres enfants du couple Maspie donnaient pleine satisfaction à leurs parents. A quinze ans, Estelle s'affirmait une voleuse à la tire de classe exceptionnelle; à douze ans, Félicie, avec son visage de fillette candide, réussissait à soutirer de l'argent à des messieurs fort innocents, mais que l'enfant accusait d'avoir voulu se conduire abominablement à son égard et qui payaient pour éviter un scandale que leur franchise n'eût pu éviter. Quant à Hilaire, à peine atteignait-il sa huitième année qu'on n'avait plus à se soucier ni de sa nourriture ni de son argent de poche qu'il se procurait par des moyens qui lui étaient strictement personnels.

Depuis cinq ans à peine, Eloi et sa femme menaient une existence apparemment rangée. Ils estimaient qu'à leur âge la prison devenait trop pénible, surtout l'hiver, et l'été ils préféraient le passer dans leur cabanon de Sormiou. Alors, ils se contentaient de faire travailler les autres, prélevant de fortes dîmes en remboursement des services rendus. Tous les débutants, toutes les débutantes venaient consulter les Eloi, qui s'employaient de leur mieux à rectifier les plans qu'on leur soumettait et ne cessaient d'attirer l'attention des apprentis sur les dangers des armes de quelque nature qu'elles fussent. Eloi et sa femme tarifaient leurs consultations et percevaient des pourcentages sur les coups réussis. Ils touchaient également des receleurs dont ils donnaient les adresses, servaient d'intermédiaires pour les grosses affaires de contrebande, mais continuaient cependant à mener leur existence simplette dans leur petit appartement de la rue Longue-des-Capucins, où Eloi ne tolérait pas que ses enfants manquassent aux bonnes manières ou ne traitassent point avec respect le pépé et la mémé dont on ne manquait jamais, à l'occasion, de réclamer l'avis qu'on écoutait, sans le suivre pour autant. Mais, Eloi tenait à ce que son père et sa mère, aux casiers judiciaires impressionnants, ne prissent point conscience qu'ils n'étaient plus à la page.

Pimprenette avait raison : c'était quelqu'un, Eloi Maspie.

En cet après-midi de septembre, il y avait grand remue-ménage chez les Maspie, et notamment dans le salon-salle à manger, où l'on préparait tout ce qu'il fallait pour dresser un buffet digne de la famille. Chacun avait revêtu ses habits du dimanche. Dans les deux fauteuils encadrant l'aquarium, le pépé César, rasé de frais et un faux-col en celluloïd, la mémé Adèle dans une robe noire où brillait une croix d'or – volée lors d'un pèlerinage allemand à Notre-Dame de la Garde –, symbolisaient la dignité des vieillards, auteurs d'une lignée donnant toute satisfaction à tous les points de vue. Estelle, fraîche et souriante dans ses dix-huit ans, passait, à juste raison, pour la plus jolie fille du coin et les soupirants ne lui manquaient pas, mais sa mère ne voulait pas pour gendre d'un petit malfrat de rien du tout. Il y a, dans le milieu, une hiérarchie où les quartiers de noblesse se comptent en années de prison et encore selon l'endroit où elles furent purgées. Félicie et ses quinze ans, dans une robe d'organdi blanc, souriait aux anges – des anges qui devaient bien souvent se voiler la face – et veillait à ce que son frère Hilaire, trop orgueilleux de ses douze ans, se conduise comme un enfant bien élevé et non comme un « dur » un peu trop sûr de lui. Les invitations avaient été lancées pour 17 heures. On attendait quelques intimes de qualité, de ceux de la classe desquels il n'y avait rien à redire. Tout étant en ordre, Eloi jeta un coup d'œil souverain sur l'ensemble et daigna se montrer satisfait. Sous le compliment, Célestine que des tas de policiers, de nombreux interrogatoires n'avaient pu parvenir à troubler, rougit comme une rosière. Emu, Maspie posa un bras protecteur et amoureux sur les épaules de sa femme, et lui montrant le décor d'un geste large :

– Hein, Tine? Crois-tu qu'on a réussi?

Mme Maspie – dite la jeune pour la différencier de la mémé – eut un gloussement de satisfaction. Eloi s'adressa à ses père et mère :

– Et vous, ça va?

Adèle ne répondit pas, laissant, en épouse déférente, à son mari César, le soin de donner son avis :

– C'est très bien, fils... Tu es un bon petit et nous sommes contents de toi. Ça sera une belle fête!

– Et plus encore puisqu'on va fiancer les petits.

Timide, Célestine – car chez elle Célestine se montrait toujours timide, comme si elle n'était pas encore revenue de l'honneur que lui avaient fait les Maspie en l'intégrant dans leur clan – s'enquit :

– Tu penses vraiment, Eloi, que notre Bruno la veut pour femme, Pimprenette?

– Malheureuse, il y aura bientôt sept ou huit ans qu'il y tourne autour et comme Bruno sait que je ne plaisante pas avec la morale, c'est obligé que ce soit pour le bon motif! D'ailleurs, demande à Estelle...

Cette dernière confirma que sa contemporaine Pamela – dite Pimprenette – était profondément amoureuse de Bruno et qu'elle s'était soigneusement gardée pour lui en dépit des avances d'Hippolyte Dolo, qui ne cessait pas de lui tourner autour. Eloi assura :

— Celui-là, il ferait bien de se tenir peinard, s'il ne veut pas qu'il lui arrive des ennuis!

Félicie, qui jalousait Pimprenette plus jolie qu'elle, remarqua d'un ton aigrelet :

— Pimprenette, elle a seulement peur que tu la refuses, papa!

— Et pourquoi?

— Parce qu'elle dit qu'on est tellement au-dessus d'eux...

Maspie eut un geste débonnaire.

— C'est vrai que le Dieudonné Hadol n'est plus ce qu'il était, mais c'est une famille sur laquelle il n'y a rien à reprendre et ça me suffit. D'autre part, Pimprenette, elle a de la classe! J'espère qu'elle aura une bonne influence sur Bruno.

La bonne influence à laquelle Eloi se permettait une allusion était exactement le contraire de ce que pensaient en général les citoyens respectueux des lois.

Enfin, l'heure sonna où les familiers d'Eloi quittèrent leurs refuges pour se rendre à l'invitation de Maspie-le-Grand.

Lorsque Adolphe Chivre – dit Mange-Tout – apparut sur le seuil de sa demeure de la rue des Tyrans en donnant le bras à sa grosse Olga, les gens du quartier restèrent béats d'admiration. Chivre était vêtu d'un complet feuille morte; une cravate d'un vert agressif lui sciait le cou. Quant à Olga, elle tenait plus ou moins en équilibre sur ses chaussures à talon aiguille, si bien qu'elle ressemblait presque à une frégate luttant contre la mer pour ne pas être drossée contre les rochers.

Chivre, on le considérait comme un rien du tout dans le petit monde d'Eloi Maspie, car ce pauvre Adolphe n'avait jamais été bon à grand-chose. Il vivait de petites combinaisons, toutes plus médiocres les unes que les autres. Mais Eloi lui conservait son amitié en souvenir de son père, Justin, un homme, lui...

Les Dolo suggéraient l'image d'un couple de musaraignes. Geoffroy Dolo, un homme dans la force de l'âge, ne mesurait pas plus d'un mètre soixante-six, mais, nerveux, il ne pouvait tenir en place. Cambrioleur bien connu de la police, Geoffroy demeurait toujours sur ses gardes. Sa prudence légendaire lui avait valu le surnom de « Passe-devant », ordre qu'il intimait régulièrement à son ou ses co-équipiers au moment d'entrer en action. Sa femme, Séraphine, plus petite que lui, s'affirmait la réplique vivante de son mari. On ne pouvait rêver couple mieux assorti.

Malheureusement, leur fils Hippolyte ne leur ressemblait guère. Lui, c'était le parfait voyou sur l'avenir duquel les plus sages se montraient fort pessimistes. Assez joli garçon, il estimait que son père n'était qu'un gagne-petit. Il nourrissait des visées plus hautes et vivait dans l'attente d'un grand coup qui lui permettrait de prendre son essor.

Amédée Etouvant – dit Double-Œil – devait à une complexion délicate de n'avoir jamais pu exercer un métier défini dans le monde de la pègre. Grand, mince, pâle, il était une sorte de « relation publique » pour les truands marseillais ou simplement de passage dans l'antique Phocée. Zoé, son épouse, une femme à cheveux gris coiffés en bandeaux, s'habillait un peu comme une soldate de l'Armée du Salut et, sous prétexte de bonnes œuvres, recevait à son domicile de la rue du Coq les clients de son mari.

Au contraire des précédents, les Fontans en « installaient. » Dominique Fontans – dit le Riche – avait la réputation d'être le receleur le plus sérieux de la côte. Il payait le maximum et ne s'intéressait pas à la pacotille. Pour la couverture, il possédait un magasin d'antiquités rue Paradis où l'on accueillait une clientèle honnête susceptible de fournir des références et d'exiger d'authentiques factures. Son vrai trafic, Dominique le poursuivait dans sa villa de Saint-Giniez. C'était un homme de cinquante-cinq ans, au visage franc, ouvert, atteint de cette légère obésité qui, en France, inspire confiance. A côté de lui, sa Valérie semblait incolore, mais c'était une épouse dévouée prenant à cœur les affaires du ménage et qui était capable de vous dire la valeur d'une pierre rien qu'en la regardant en transparence ou de vous fixer sur l'authenticité d'un tableau en se contentant de le caresser, de le renifler. Des gens bien, qui pour se rendre chez Maspie le Grand, empruntèrent leur « Déesse » blanche.

Chez les Hadol, de père en fils, et cela depuis des générations, on ne vivait que de contrebande et du pillage des marchandises à quai. Pourtant, le long et triste Dieudonné ne répondait guère à l'image quelque peu romantique qu'on se fait d'ordinaire des contrebandiers. D'ailleurs, il y avait pas mal de temps que Dieudonné ne participait plus à aucune expédition. Il se contentait de les organiser avec ses équipages parfaitement rodés. Bien qu'il n'atteignît qu'à peine la cinquantaine, Hadol, que son teint blême et sa mauvaise graisse faisaient appeler « Grand Soufflé », se prétendait perpétuellement fatigué et abandonnait chaque jour davantage les rênes du pouvoir à sa femme Perrine, une virago aux épaules larges mais dont le visage avait conservé la beauté traditionnelle et légendaire des filles de Provence. La seule faiblesse de cette épouse énergique, c'était sa petite Pamela – dite Pimprenette – à qui elle pardonnait tout, sauf un possible manque de tenue et les garçons, connaissant la mère, ne se risquaient pas à courtiser la fille avec des intentions malhonnêtes.

Les Hadol habitaient depuis toujours un gentil appartement dans la Montée des Accoules. Quand ils le quittèrent pour se rendre chez les Eloi, ceux qui les rencontraient, en voyant ce sympathique trio composé du père vêtu de façon confortable, de la mère attaquant fièrement le sol du talon, n'essayant point d'estomper par des artifices vestimentaires une maturité largement épanouie et de la fille toute menue, bien mignonne dans sa robe à fleurs, sa grande capeline, ses gants blancs, se disaient : voilà bien le type de l'honnête, de la brave famille française; ils poursuivaient leur chemin le cœur réchauffé.

Un peu avant l'heure fixée pour le début de la fête, Bruno regagna la maison de ses parents. On l'accueillit avec des reproches affectueux, l'accusant de laisser tout le travail aux autres, de se prendre déjà pour le pacha, de s'imaginer qu'il s'agissait de sa fête à lui, non de celle de la maman, etc., etc... Mais Bruno ne répondit pas aux plaisanteries de ses sœurs et de son frère, car il se demandait comment cette belle cérémonie allait se terminer. Bien qu'il n'approuvât pas leur conduite, quoiqu'il leur en voulût de l'existence qu'ils menaient, le garçon aimait beaucoup son père et sa mère. De son côté, Célestine éprouvait un faible pour son aîné dont elle se montrait particulièrement fière. Quant à Eloi, en dépit des soucis qu'il lui causait, il ne pouvait s'empêcher de se dire que son Bruno était vraiment bien réussi. Cette réussite, dont il s'attribuait un peu abusivement tout le mérite, le remplissait d'une satisfaction que nul ne songeait à lui reprocher.

Célestine embrassa son fils qui demeurait pour elle le bébé dont les rigueurs de la loi l'avaient si souvent séparée.

— Où étais-tu, mon grand?
— Je me suis promené au Pharo...
— Té! Au Pharo? En voilà une idée!

Estelle, que la naïveté de sa mère attendrissait, suggéra :

— Peut-être qu'il était pas seul?

Bruno, qui savait pouvoir toujours compter sur l'appui de sa cadette, sourit :

— Non... avec Pimprenette...

Eloi crut de son devoir – surtout à cause des trois autres gosses –, d'intervenir au nom de la morale :
– Bruno... Je te considère comme un garçon bien et si tu nous dis que tu te promenais en compagnie de Pimprenette, c'est qu'il y a rien de mal entre vous... parce qu'attention, Bruno! méfie! tant qu'elle est pas ta femme, Pimprenette, elle doit te rester sacrée, hein?

Célestine qui adorait les histoires d'amour – elle en avait tant lu en prison! – demanda :
– Et de quoi vous avez parlé?

On entendit le rire un peu fêlé du pépé César.
– Cette Célestine, tout de même... et de quoi veux-tu qu'ils aient parlé, peuchère? De l'amour, qué!

La maman se sentit transportée comme chaque fois qu'on faisait allusion devant elle, à la passion.
– Tu l'aimes, Pimprenette, mon petit?
– Eh sûr, je l'aime...
– Et tu la veux pour femme?
– Naturellement...

Eloi, qui sentait l'émotion le gagner comme les autres, réagit :
– Tu sais que chez les Maspie, on se marie pas cinquante fois, mon garçon! Alors, il faut que tu sois sûr que tu veux Pimprenette pour toute la vie.
– J'en suis sûr.
– Bon... Qu'est-ce que tu en penses, le père?

César toussa longuement, mettant un malin plaisir à faire languir tout le monde, puis se décida :
– Je dis que c'est bien.

Un soupir de délivrance gonfla toutes les poitrines Maspie.
– Et toi, la mère?
– Je dis comme César.

Solennel, Eloi se tourna vers son fils :
– Dans ce cas, tout à l'heure, je demanderai la main de sa fille à Dieudonné pour mon fils. Et maintenant,

Bruno, suis-moi dans ma chambre, il faut que je te parle.

Quand le père et le fils se retrouvèrent seuls, Eloi ordonna à Bruno de s'asseoir, avant d'entamer le discours qu'il mijotait depuis un bout de temps.
– Depuis que tu es revenu du service, je t'ai pas posé de questions, mais maintenant que tu as décidé de te marier, ça change tout... Je te cacherai pas, Bruno, que pendant toute ta jeunesse tu nous as pas donné grande satisfaction... Rien à reprendre à ta conduite, j'en conviens, ni à ton attitude envers nous. Et même quand ta mère et moi étions obligés de nous absenter tu t'es convenablement occupé de tes sœurs et de ton frère. N'empêche que j'ai jamais rencontré chez toi cette flamme qui fait les « hommes véritables ». Or, je désire que tu me succèdes. J'ai jamais voulu te brusquer, parce que j'estime qu'on doit laisser la vocation se manifester... Généralement, elle se dessine assez vite... ton frère Hilaire, par exemple, est déjà d'une habileté extraordinaire et puis il met du cœur à l'ouvrage... Estelle marche sur les traces de sa mère et même, pour rien te cacher, je crois qu'elle sera plus forte, plus douée que Célestine mais, surtout, le répète pas à ta maman, ça lui ferait de la peine... Par contre, Félicie m'inquiète en ce sens qu'elle te ressemblerait plutôt... Elle paraît avoir de goût pour rien... mais, dans le fond, je suis tranquille, ce sera une vocation tardive comme la tienne... et, tu peux m'en croire, ce sont pas les plus mauvaises...

Eloi, parvenu à ce moment de son discours, baissa la voix et, presque timidement, demanda :
– Bruno, alors... tu es décidé à travailler?
– Oui.
– Enfin! Tu t'es choisi une spécialité?
– Oui.
– Bravo! Non, non, me le dis pas! Réserve-m'en la surprise pour tout à l'heure. Je veux l'apprendre en

même temps que les autres... Bruno, j'ai confiance en toi... Je sais, maintenant, que tu me succéderas et que tu seras peut-être encore plus grand que moi! Fils, je suis bougrement content... et bougrement content aussi que tu te maries, Pimprenette, la meilleure de toutes... (Un souvenir l'incita à rire.) Figure-toi que, l'autre jour, elle s'amène ici avec le ventre d'une nistonne qui attendait un bébé pour le mois prochain... Naturellement, ça nous en a fichu un coup à ta mère et à moi... Tu sais ce que c'est, on se fait tout de suite des idées... On aurait pourtant dû réfléchir qu'on avait vu Pimprenette trois jours plus tôt et que les bébés ça pousse quand même pas à cette vitesse-là... Je demande : « Pimprenette, qu'est-ce que ça signifie, ce ventre? » Alors, elle passa la main sous sa jupe, elle nous sort un sac de plus de cinq kilos de café du Brésil, premier choix, qu'elle avait piqué au petit matin à La Joliette! Qu'est-ce que tu dis de ça, petit?

Eloi ne sut pas ce que son fils en disait, car à cet instant Félicie entra pour annoncer l'arrivée des premiers invités.

Deux heures plus tard, un étranger qui d'aventure aurait eu la permission de jeter un coup d'œil sur la réunion organisée par les Maspie, charmé par la tenue des dames, par l'empressement correct des messieurs, touché par la déférence que l'on témoignait aux vieux, se serait cru transporté chez des notables de vieille tradition bourgeoise et serait sans doute mort de saisissement si on lui avait révélé que tous ces braves gens si dignes, si solennels, collectionnaient un nombre d'années de prison dépassant les deux siècles.

Vers 19 heures, Eloi tapa de la lame de son couteau sur son verre pour réclamer une attention qu'il obtint instantanément. Il se leva de sa chaise, un peu ému, mais toujours noble.

— Mes amis, je vous propose de lever notre verre à

celle dont nous fêtons la patronne respectée... ma chère femme Célestine, mère de mes enfants...

Célestine, d'âme tendre, se mit à pleurer; toutes ces dames, bouleversées, l'imitèrent. Maspie s'approcha de son épouse et lui posa affectueusement la main sur l'épaule :

– Allez, vaï, pleure pas... y a pas de quoi!... Tu es devant des amis... nos meilleurs amis, et j'ai pas honte de leur dire que tu m'as rendu heureux et que je t'en remercie...

Transportés, les assistants applaudirent et chacun tint à embrasser Mme Célestine. Au nom des invités, Fontans-le-Riche tint à répondre à Eloi :

– Eloi, nous sommes tous contents de ton bonheur... Tu es notre maître à tous et nous te respectons... et nous respectons ta femme qui est un modèle à donner en exemple à tous les jeunes... Je bois à la santé et à la prospérité de la famille Maspie!

On trinqua de nouveau puis, le moment que tout le monde attendait – car chacun se trouvait plus ou moins dans le secret – arriva. Sur sa chaise, Pimprenette s'agitait comme si elle eût été assise sur un oursin. Hippolyte Dolo remâchait son amertume de voir la jeune fille lui échapper. Quant à Bruno, il se demandait s'il aurait le courage de déclencher le scandale qu'il méditait. Et pourtant, comment agir autrement? Eloi se leva de nouveau.

– Mes amis... Je suis content que vous soyez tous témoins... d'un grand événement familial...

Les femmes adressèrent des petits sourires complices à Pimprenette qui, sous sa capeline blanche, rougit.

– ... Libéré du service militaire, mon fils Bruno va entrer dans la danse à son tour... mais il désirerait fonder tout de suite une famille et moi je suis assez d'accord pour les mariages précoces, car, dans nos existences mouvementées, le bon temps pris n'est plus à prendre et puis... Bruno a beau avoir reçu de bons principes... vous savez ce que c'est... hé?... Bref, vaut mieux pas jouer avec le feu... Alors, voilà, Dieudonné Hadol et vous, Perrine, acceptez-vous de donner pour femme votre fille Pamela à mon fils Bruno?

Célestine fondit une fois encore en larmes, ce qui lui valut de se faire attraper à voix basse par sa belle-mère :

— Dis, Célestine, t'as bientôt fini de te transformer en fontaine? Ça rime à quoi, ce déluge?

Dieudonné Hadol, jouissant intensément de la minute présente qui le mettait en pleine lumière aux dépens de son épouse, obligée, pour une fois, de lui céder le pas, déclara :

— Eloi, ta demande nous honore, Perrine et moi... Ces enfants s'aiment depuis longtemps... Alors y a pas de raison de s'opposer à leur bonheur... Moi, je donne mon consentement... et toi, Perrine?

Mme Hadol, en une inspiration puissante, gonfla superbement son corsage avant de déclarer :

— Pimprenette, c'est toute notre joie sur cette terre, alors vous comprendrez, Eloi, que je regarde à deux fois avant de m'en séparer...

Maspie blêmit :

— Par hasard, madame Hadol, vous nous trouvez peut-être pas d'assez bonne race pour votre petite?

Une tension subite succéda en un clin d'œil à l'euphorie qui régnait jusqu'alors.

— Eloi, ne me faites pas dire ce que j'ai pas dit! Comme mon Dieudonné, je serais très fière de l'union de nos deux familles, seulement...

— Seulement?

— ... Seulement votre Bruno, le voilà avec ses vingt-deux ans qui en est encore à fournir ses preuves! Avant de lui donner ma fille, je voudrais savoir ce qu'il compte exercer comme métier, et ça, je ne crois pas que vous puissiez me le reprocher.

Maspie se voulait un homme juste.

— Vous avez raison, Perrine... Mais, rassurez-vous, juste avant votre arrivée, Bruno me confiait qu'il s'était enfin décidé... C'est un cas de vocation tardive, Perrine... et vous ignorez pas que ce ne sont pas les plus mauvaises.

– D'accord, Eloi... et qu'est-ce qu'il a choisi, Bruno, comme métier?

Un long silence s'établit, chacun attendant la réponse du garçon. Enervé, Eloi admonesta son fils :

– Et alors, quoi, Bruno? T'as entendu?

– J'ai entendu.

– Eh bien, dis-nous tes intentions!

Se jetant à l'eau, l'aîné des Maspie se dressa de toute sa taille et annonça paisiblement :

– Je vais travailler.

– Ça, on s'en doute, mais à quoi?

– A un travail honnête.

– Quoi?

La question d'Eloi tenait plus du hurlement indigné que de la question. Bruno en profita pour ajouter :

– J'entre dans la police.

Pimprenette piqua une véritable crise d'hystérie. Hippolyte jubilait. Félicie tapait dans les mains de sa mère évanouie. Quant à tous les autres, ils étaient emportés dans un tourbillon de cris, de lamentations, d'appels désespérés au ciel, tandis que le vieux Maspie réclamait la bouteille d'alcool pour se remonter, car il sentait bien, affirmait-il, qu'après un pareil coup il allait sûrement passer. Eloi avait arraché son col pour échapper à l'apoplexie. Bruno, de nouveau assis sur sa chaise, faisait penser à un pêcheur qui, sur son rocher, se serait laissé surprendre par le retour de la marée. Eloi, ayant retrouvé sa respiration, parvint à reprendre la position verticale et vida deux verres de chianti pour récupérer son aplomb. Avant qu'il n'ouvrît la bouche, Perrine jeta :

– Dans ces conditions, Eloi, vous comprendrez que je garde ma fille!

– Je le comprends, Perrine...

Pimprenette voulut repiquer une nouvelle crise, mais d'une gifle solide, sa mère lui en ôta l'envie.

– Mes amis...

Le silence figea tous ces braves cœurs bouleversés par le malheur injuste qui venait de frapper leur collègue.

– ... Ce qui m'arrive aujourd'hui... je le méritais pas...

Fontans-le-Riche, la voix brisée par l'émotion, approuva :

– Non, Eloi, tu le méritais pas !...

– Merci, Dominique. On croit connaître ses enfants... On s'acharne à leur donner toujours le bon exemple... et, un beau matin, on se réveille pour s'apercevoir qu'on a réchauffé un serpent dans son sein !

L'image créa une sensation profonde. Le serpent dont il était question gardait les yeux obstinément fixés au sol.

– Toute ma vie s'écroule au moment où je pensais pouvoir enfin jouir en paix de mes vieux jours... et tout ça par la faute de ce voyou, de ce pourri ! Dis, monstre de nature, où c'est qu'on t'a donné des idées pareilles ? Au régiment, peut-être ?

Au grand effroi de ces hommes et de ces femmes élevés dans le respect dû aux parents, Bruno se dressa contre son père :

– Ces idées, je les ai prises ici !

Eloi voulut se jeter sur son fils et Chivre eut tout juste le temps de le retenir.

– Calme-toi, collègue... calme-toi... ou tu vas faire un malheur !

– Lâche-moi, Adolphe ! Ce malheur, il faut que je le fasse ! Mon honneur l'exige ! Il ose dire, l'affreux, que c'est ici...

– Parfaitement ! ici !... En voyant mes parents sans cesse en prison, en vous voyant tous, les uns et les autres, enfermés la plupart du temps, j'ai décidé de mener une existence différente de la vôtre, parce qu'avec vos histoires de liberté, vous êtes moins libres que le dernier balayeur des rues! Je tiens à ce que mes gosses n'aient pas honte de leur père! Et j'entre dans la police parce que je veux lutter contre des hommes et des femmes comme vous, qui faites le malheur de vos enfants! Dès leur naissance, ce sont des gibiers de prison!

Dolo dut prêter main-forte à Chivre pour maintenir Eloi qui hurlait :

– Lâchez-moi, que je me le tue!

Fontans-le-Riche se tourna vers Bruno.

– Tu nous insultes, petit... Parce que je suis chez toi, je te répondrai pas, mais je te connais plus... Pour moi, à partir de maintenant, c'est comme si tu avais jamais existé.

Perrine ajouta :

– Et si je te surprends à tourner autour de ma fille, tu auras affaire à moi, pauvre poulet de grain!

Pimprenette, entre deux sanglots, hoqueta :

– Je... je croyais que... que tu m'aimais?

– C'est parce que je t'aime, ma Pimprenette, que j'entends rester honnête.

Mme Hadol intervint de nouveau :

– Pimprenette! causes-y encore un seul mot à ce dévergondé, et je te fends la tête, tu entends?

Eloi, qu'on avait réussi à calmer, promit de ne point se livrer à des voies de fait sur son fils. Il se contenta de s'approcher de ce dernier :

– Debout!

Bruno obéit.

– Non seulement tu m'as déshonoré, comme tu as déshonoré ta mère, ton frère, tes sœurs et mes parents, mais encore tu as insulté mes amis, mes collègues de toujours... Tu as plus de respect de rien, Bruno! Tu es gangrené jusqu'à la moelle! Mais si tu n'as plus peur des vivants, peut-être que tu auras honte devant les morts?

Il empoigna son fils par l'épaule et l'amena – dans le

silence religieux de l'assistance – devant une sorte de daguerréotype :

– Voilà ton arrière, arrière, arrière-grand-père, Gratien Maspie, mort au bagne de Toulon... Celui-là, c'est son fils, Modeste... qui avait commis l'erreur de tuer un gendarme... un homme au sang trop vif... il a fini sur l'échafaud!... Celui-là, c'est Honorat, le père de mon père... quinze ans à la Guyane... sa femme, Nicolette, douze ans à la maison d'arrêt d'Aix-en-Provence... Celle-là, c'est la mère de ta mère, Prudence Cazavet... ta grand-mère, Bruno... elle est morte à l'infirmerie de la prison Chave...

Solennel, Eloi énumérait les condamnations de tous ceux dont les visages figuraient sur les murs de la pièce, de même que Ruy Gomez récitait à don Carlos les hauts faits de ses ancêtres dans une scène fameuse.

– ... Ton oncle Placide, mon frère..., quand il saura ton attitude, il est capable, comme je le connais, de faire la grève de la faim à la Centrale de Nîmes où il en a encore pour cinq ans!... Mon cousin, Raphaël Anot, vingt-cinq ans de prison en tout, avant d'être relégué... Maxime Cazavet, ton oncle maternel, le frère de ta mère, actuellement aux Baumettes...

Eloi, pivotant brusquement, se planta devant son garçon :

– Et maintenant, ose me dire en face, que tu as l'intention de trahir tous ces absents!

– J'ai l'intention de ne pas marcher sur leurs traces parce que je n'ai pas une mentalité de rat! Il se peut que vous vous racontiez assez d'histoires pour vous persuader que la liberté se trouve dans les prisons, mais moi, je vous dis que vous êtes tous des malheureux, des pauvres types qui vous mentez à vous-mêmes et qui êtes trop lâches pour avoir le courage de le reconnaître! N'importe quel minable est plus heureux que vous! Jamais vous ne goûtez un instant de repos... Vous avez volé le bien dont vous profitez injustement!

Vous tremblez à toutes les heures d'entendre les pas des policiers dans les escaliers de vos maisons... Oui, de pauvres types et rien d'autre!

Eloi Maspie, blanc comme un linge, montra la porte :

– Va-t'en... T'es plus mon fils! Je te renie!

– Je ne souhaite pas autre chose.

– Je te maudis!

– Toi? Tu ne peux maudire personne, puisque tu es en dehors de toutes les lois!

Bruno prit sa mère dans ses bras :

– Maman, je t'aime bien... mais j'ai été trop malheureux de ne pas t'avoir toujours auprès de moi quand j'étais petit... aussi je n'irai pas sur la route des autres...

Maspie glapit :

– Je te défends d'embrasser ta mère!

Sans se soucier des cris paternels, le garçon serra longtemps sa maman contre lui. Sa sœur Estelle lui tourna le dos quand il s'approcha d'elle, le petit Hilaire lui tira la langue, mais Félicie lui prit la main et la lui embrassa. Il se pencha vers elle :

– Toi, je te sauverai...

Quand il voulut saluer le grand-père, ce dernier cracha à ses pieds; la mémé Adèle, osant pour la première fois de sa vie désobéir à son mari, reçut son petit-fils dans ses bras et lui chuchota à l'oreille :

– J'ai quelquefois pensé comme toi...

Au moment de quitter la pièce, Bruno se retourna :

– Pimprenette, je t'aime toujours... parce que je t'aime depuis toujours... Aie confiance... Je viendrai te chercher.

Bruno parti, les invités prirent congé les uns après les autres, ne sachant quelles consolations trouver. Une fois encore, Fontans-le-Riche se voulut l'interprète de tous :

— Eloi, notre confiance en toi est la même... Tu n'es pas responsable... Les enfants, c'est comme les melons... tant qu'ils sont pas ouverts, on ne sait pas ce qu'il y a dedans...

— Merci, Dominique... merci de tout cœur... Pour le moment, je comprends rien à ce qui m'arrive... J'avais un fils qui était mon espoir pour plus tard et voilà que je me retrouve avec un policier qui m'insulte! qui nous insulte, tous! C'est trop... Je peux pas le supporter...

Et, toute honte bue, le grand Eloi Maspie pleura sur l'épaule de son ami Fontans-le-Riche. Par discrétion, les autres s'éclipsèrent. Dominique, fraternellement, tapotait la tête de son collègue de toujours.

— Allez! vaï, Eloi! Remets-toi... A quoi ça sert de te manger le sang?

— A rien, je sais bien. Mais, tout de même, qui aurait pu penser que ce Bruno, dont j'étais si fier, serait un jour la honte de la famille!

II

En cette soirée du 22 mai 1963, trois années s'étaient écoulées depuis que Bruno Maspie avait quitté sa famille sans jamais donner de ses nouvelles. Tout au plus savait-on par des racontars – qu'on sollicitait à l'occasion mais, attention! *sans en avoir l'air*, à cause de l'honneur – que ce monstre de Bruno continuait gaillardement son chemin dans les rangs de la police et que la honte des Maspie, au lieu d'aller en s'amenuisant, ne ferait qu'augmenter avec le temps parce que ce Bruno, comme il était parti, il pouvait devenir le chef de tous les flics de France! Quand il envisageait cette éventualité, Eloi Maspie sentait une mauvaise sueur lui mouiller les tempes et se promettait – pour sauver sa dignité à ses propres yeux – que, si pareil malheur devait se produire de son vivant, il se suiciderait afin d'effacer, par son sacrifice, la tache faite sur le nom des Maspie. En songeant à cette éventualité, que son imagination méridionale transformait en réalité inéluctable, Eloi s'attendrissait sur son sort et versait de grosses larmes que Célestine regardait couler en se rongeant les sangs.

Naturellement, depuis trois ans, nul ne se serait avisé, chez les Maspie, de prononcer le nom de l'enfant perdu sous peine d'encourir la terrible colère du chef de famille. Mais il ne suffit pas de vouloir l'oublier pour que s'estompe le chagrin vous brisant le cœur, et même ceux qui ne comptaient pas parmi les familiers d'Eloi ne pouvaient s'empêcher de constater que le départ de Bruno avait eu de funestes conséquences. Certes, il eût été faux d'affirmer que les Maspie fussent sur le déclin depuis la trahison de leur fils aîné, mais enfin, ce n'était plus ça... Bien sûr, on venait toujours consulter Eloi, on le prenait encore pour guide indiscuté, mais ses clients se rendaient obscurément compte que la flamme n'y était plus. Eloi ne sortait presque plus de chez lui. Au médecin ami lui conseillant d'aller prendre l'air s'il ne tenait pas à finir par ressembler à une girelle[1], Maspie-le-Grand répondait d'une voix sourde :

— Je veux pas, Félix, qu'on me montre du doigt!

— Et pourquoi on te montrerait du doigt, malheureux?

— Parce qu'on dira : té, le voilà, celui qui nous donnait des leçons! le voilà, Maspie-le-Grand, et qui a même pas été foutu de voir le ver qui rongeait l'intérieur de son fils! Et plus tard, Félix, quand nous serons tous morts, on racontera aux jeunots : en ce temps-là, il y en avait un qui toute sa vie avait eu droit au respect... de belles années de campagne à son actif... toutes les prisons du département et même en Italie... un homme qui descendait d'autres hommes aussi solides que lui, eh bien, les petits, savez-vous ce qu'il est devenu, le garçon de Maspie-le-Grand? Un flic! Et Maspie-le-Grand, lui, il en est devenu tout doucement fada, parce qu'une pareille honte dans une famille de braves gens, ça s'était jamais vu!

— Tu veux que je te dise mon opinion, Eloi? Tu te fais des idées!

— Et ta sœur, elle s'en fait des idées?

Le médecin recula d'un pas pour mieux observer son ami.

— Ma sœur? Tu n'ignores pas que je n'ai jamais eu

---

1. Petit poisson.

de sœur, et même j'en aurais que je ne vois pas en quoi ses idées...

– Félix, fous-moi le camp! Tu es plus bête que douze douaniers!

– Doucement, Eloi! Je ne suis pas habitué à ce que des mirontons de ton espèce me parlent sur ce ton!

– Mironton!

– Mironton, ouais! Et j'ajouterai que la cervelle d'un douanier vaut largement celle d'un Maspie, même lorsqu'on l'appelle le Grand!

– Félix, écoute-moi! Toute ma vie, je me suis efforcé de jamais répandre le sang de mon prochain mais, cette fois, je suis à bout de patience... Fous le camp, Félix! parce que, dans moins de cinq minutes, on pataugera dans le tien de sang!

– Et moi, je te regarderai me tuer en chantant des cantiques, peut-être?

– Toi, t'auras rien à dire, parce que tu seras mort!

– Assassin!

– Moins que toi!

– Père dénaturé!

– Ce coup-là, tu y as droit! Adieu, Félix!

Maspie sauta à la gorge de son interlocuteur qui se mit à hurler. Célestine accourut. A la vue des deux hommes, elle cria :

– Vous avez bientôt fini, oui?

Ils se lâchèrent, un peu confus.

– Vous avez pas honte, des hommes de votre âge?

Rajustant sa cravate, le médecin, très digne, déclara :

– Votre mari, madame Célestine, il est complètement fada... Il a été mon ami pendant trente ans mais, aujourd'hui, notre amitié elle est morte! Il a insulté ma sœur.

– Votre sœur? Mais vous en avez pas, de sœur!

– Je pourrais en avoir une! Madame Célestine, je

vous aimais bien, permettez-moi de vous embrasser avant de vous quitter pour toujours.

— On se bichera après le dîner.

— Après le dîner?

— Et alors? Votre couvert il est mis, vous pensez pas que la mémé elle tolérera que vous partiez sans manger sa soupe de poissons, des fois?

Le docteur hésita, puis :

— C'est par amitié pour vous, madame Célestine, et par respect pour la mémé, que je reste...

Eloi ricana :

— ... Et par amour pour la soupe de poissons...

Félix toisa son hôte de haut :

— Une réflexion aussi mesquine, elle m'étonne pas de votre part, monsieur Maspie!

Et il sortit de la pièce pour rejoindre le pépé et boire un pastis en sa compagnie. Demeurée seule avec son mari, Célestine s'approcha de lui :

— Eloi, je te reconnais plus... toi, qui étais si aimable, si prévenant autrefois, tu deviens méchant, injuste... Les gens, ils finiront par plus te respecter!

— Ils me respectent déjà plus!

— Ça, c'est des idées à toi!

— Regarde, Félix! Jamais il aurait osé me parler de cette manière et c'est normal.

— Normal?

— Comment voudrais-tu qu'on respecte un homme qui a une si grande honte dans sa famille?

Cette même nuit, un peu avant l'aube, un homme rôdait dans le quartier du Vieux-Port. Il avait faim et soif et paraissait épuisé. Très jeune encore, une sorte d'angoisse le vieillissait en accusant ses traits. Il avait débarqué clandestinement trois heures plus tôt sur la côte où ses passeurs l'attendaient avec une voiture qui devait l'emmener à Marseille. Pour les payer, il avait vidé son portefeuille jusqu'au dernier sou. Et maintenant il errait, misérable, à la recherche de celui qu'il pourrait aborder sans crainte pour lui demander où il serait possible de rencontrer le type dont on lui avait donné le nom à Gênes, en lui assurant que, seul, il était capable de passer marché avec lui. Mais à cette heure de la nuit, les passants étaient rares et lorsqu'il en croisait quelques-uns, il s'agissait toujours de marins regagnant leurs bateaux. Et les marins, dans leur ensemble, ne fréquentent pas les gens que l'inconnu espérait rencontrer.

Désespéré, l'homme se résigna à attendre le jour, essayant d'oublier sa fatigue, sa faim, sa soif et en évitant d'être remarqué par la police. Il s'écarta des abords immédiats du port où il redoutait d'être interpellé par des douaniers et partit à l'aventure alors qu'il eût tant voulu prendre une chambre d'hôtel et dormir, dormir pour essayer d'oublier les trois derniers jours qu'il venait de vivre, ces trois derniers jours où il avait commis deux meurtres qu'il n'oublierait jamais, car Tomaso Lanciano n'était pas un tueur de profession. Le ventre creux, la bouche sèche, l'Italien se mit en route en traînant la jambe et en ne cessant pas de prêter l'oreille ou de scruter l'ombre, car s'il ne possédait pas un sou vaillant, Lanciano avait quand même pour plus d'un million de bijoux dans la ceinture qui lui serrait la taille.

Pour d'autres raisons, Eloi Maspie ne parvenait pas à trouver le sommeil, se tournant et se retournant dans le grand lit conjugal, véritable monument, occupant tout un panneau de la chambre et, obscurément, il en voulait à Célestine de dormir en rythmant ses rêves d'un léger ronflement qui d'ordinaire eût amusé Eloi, mais qui, en ce moment, l'exaspérait. Maspie avait trop de soucis pour goûter le repos qui l'eût détendu. Avant de se coucher, une scène violente l'avait opposé à sa fille cadette Félicie. Celle-là, il n'y avait pas moyen de s'y tromper : elle tournerait mal, comme son frère. Deux brebis galeuses dans la famille, c'était vraiment trop!

Cette Félicie!... Ne voilà-t-il pas qu'elle s'était mis en tête de gagner sa vie honnêtement! Elle n'avait pas eu honte, la dévergondée, d'entrer en qualité d'apprentie dans un salon de coiffure de la Canebière! Sa sœur, Estelle, avait été tellement humiliée par la conduite de sa cadette qu'elle ne l'avait pas invitée à son mariage avec un Piémontais, spécialiste de la carambouille et plus ou moins recherché par les polices de trois ou quatre pays! Un homme! Le malheur des Maspie avait empêché de donner à ces noces tout le luxe, toute l'ampleur désirés, mais enfin, cela avait été une belle cérémonie où s'était rencontrée la fine fleur de la crapule internationale. Célestine estimait que si Félicie n'avait pas nourri des idées aussi saugrenues, elle aurait pu trouver là un garçon à sa convenance et susceptible de lui assurer une existence facile pendant un certain temps tout au moins...

Et puis, Hilaire, le benjamin... Le gamin – dont les Maspie étaient très fiers – devait rester tranquille car la police le tenait à l'œil. A sa dernière comparution devant le tribunal pour enfants, le juge l'avait bien averti :

– A notre prochaine rencontre, tu ne quitteras la salle que pour filer en maison de redressement!

Eloi, qui trouvait son fils trop tendre encore pour un aussi dur apprentissage, l'expédia dans une pension du côté d'Aix-en-Provence, en lui conseillant vivement de demeurer sage pendant un an ou deux. Il expliqua à Hilaire qu'étant désormais le dernier des Maspie, il devait orienter prudemment sa barque et ne pas courir de risques inutiles. Le gamin, fort intelligent, jura qu'on pouvait compter sur lui.

En somme, la vie n'était pas très gaie dans la rue Longue-des-Capucins où il n'y avait plus d'enfants, Félicie ne rentrant que pour se coucher. D'ailleurs, lorsqu'elle était là, son père ne lui adressait pratiquement pas la parole et il l'aurait peut-être bien flanquée à la porte, tout comme son frère aîné, s'il avait su que Félicie, depuis quelques semaines, revoyait Bruno en cachette.

Comme les autres membres de la famille, Félicie, pendant trois années, était restée sans nouvelles de son frère aîné et elle s'en faisait un drôle de mauvais sang. Un jour, n'y tenant plus, elle s'était risquée jusqu'au commissariat pour y rencontrer l'inspecteur Constant Picherande dont elle savait l'amitié pour Bruno. Brave homme, le policier la tranquillisa. Il correspondait avec la « honte » des Maspie, le voyait parfois et assura Félicie qu'elle pouvait être fière de son frère qui suivait le bon chemin, comme elle. Et l'inspecteur ajouta :

– Et tu sais, ma nistonne, s'il arrivait que quelqu'un te cause des ennuis, tu me le dirais, hé!

Félicie n'avait pas eu l'occasion d'appeler Picherande à la rescousse, car c'était une bonne petite, se tenant tout ce qu'il y a de bien et pas un des jeunes voyous traînant sur son chemin n'aurait osé lui manquer de respect. Et puis, elle était la fille de Maspie-le-Grand et ça il valait mieux de ne pas l'oublier.

A midi, un jour qu'elle remontait vers le petit bistrot de la rue Thiers où elle avait ses habitudes, parmi la foule encombrant la Canebière, elle s'entendit appeler :

– Félicie!...

Elle ne se retourna pas tout de suite, craignant qu'il ne s'agisse d'un de ces dragueurs qui aurait su son prénom par une camarade, mais le cœur lui battait un peu, car il lui semblait reconnaître... On se porta presque à sa hauteur et on demanda d'une voix chaude :

– C'est pas Dieu possible, Félicie, que tu sois devenue si jolie?

Alors, elle se retourna, du rire plein la figure, et se jeta dans les bras de Bruno.

Le garçon emmena sa sœur déjeuner dans un bon restaurant, mais ni l'un ni l'autre ne prêtèrent guère attention à ce qu'ils mangeaient, trop occupés à poser des questions, à écouter les réponses. Bruno apprit à Félicie qu'il avait réussi à tous ses examens et qu'après un temps sous l'uniforme, il était devenu inspecteur et, comme tel, affecté au commissariat où se trouvait son protecteur, Picherande.

– Mais alors, Bruno, si ça se trouve... tu pourrais venir dans notre quartier s'il s'y passait quelque chose?

– Bien sûr.

– Oh! Bonne Mère! Pense un peu au père?

Bruno haussa les épaules.

– Le père, je ne veux rien avoir à faire avec lui. Mais s'il essaye de m'embêter, il trouvera à qui parler.

Horrifiée de ce qu'elle tenait pour un blasphème, Félicie joignit les mains.

– Le père...

– Félicie, pour moi, il n'y a que les honnêtes gens et les autres... Un point, c'est tout. Et la mère?

– Elle se languit de toi... comme la mémé et le pépé...

– Estelle, il paraît qu'elle est mariée!

– Avec un Piémontais... Elle habite à Turin... On s'écrit pas... elle m'a pas invitée à son mariage.

– Ça vaut mieux... Elle finira mal, Estelle... Et Hilaire?

– En pension, près d'Aix... Pour lui aussi, je suis inquiète, Bruno... il a failli partir en maison de redressement.

– Je suis au courant. Je tâcherai de le raisonner... En tout cas, ma Félicie, je suis bien content de voir que tu n'es pas comme Hilaire et Estelle.

– Je te ressemble, sans doute...

Ils rirent, mais d'un rire un peu gêné, car tous deux savaient bien que, s'il n'avait pas été prononcé, le nom de Pimprenette était sur leurs lèvres. Enfin, Bruno se décida :

– Ah!... pendant que j'y pense... la fille des Hadol...

Sa voix s'étrangla un peu et Félicie en eut les larmes aux yeux.

– ... Pamela... qu'est-ce qu'elle devient?...

– Pimprenette est toujours la même... Elle continue à rire et... à faire des bêtises...

– Tu penses que...?

– Non! Non! Pas ce que tu crois... Non, pour ce qui est de sa conduite, j'ai jamais rien entendu sur elle...

Il poussa un soupir, délivré.

– Mais elle vole toujours... Je comprends pas qu'elle se soit pas encore fait prendre... Dis, Bruno... tu l'aimes toujours, Pimprenette?

– Toujours.

– Et tu veux toujours te marier?

– Toujours.

– Alors, il faut te dépêcher de la demander!

– Parce que?

– Parce que Hippolyte Dolo va sortir des Baumettes où il a tiré deux ans, et je sais qu'il tient à Pimprenette, lui aussi!

– Et alors?

– Je crois qu'elle a eu un gros chagrin de ton départ... Maintenant, ce qu'elle pense, j'en sais rien parce qu'on se fréquente plus...

– Mais tu as quand même des occasions de la rencontrer...

– J'ai qu'à aller chez elle.

– Tu voudrais lui dire que j'aimerais lui parler?

– Compte sur moi, Bruno... Et pour la maman?

– Embrasse-la... et tous les autres... Dis-leur que j'ai le cœur gros de ne pas pouvoir me rendre à la maison, mais j'aurais trop peur que le père il me fiche dehors.

– Ça se pourrait...

Le 23 mai, au matin, Bruno Maspie était de service lorsqu'on vint l'avertir que la police du port avait repêché un homme semblant être mort de mort violente avant d'être jeté à l'eau. Aussitôt, il alerta le commissaire qui fit prévenir les collègues de Bruno, le jeune Jérôme Ratières et le coriace Picherande. Avant la fin de la matinée, tout l'appareil judiciaire se mettait en branle. A midi, on sut que le cadavre était celui de Tomaso Lanciano, soupçonné du double meurtre commis sur les personnes des époux multimillionnaires Bettola, et qui, dans leur villa de la banlieue de Gênes, possédaient une belle collection de bijoux. Dès lors, il devint clair pour tout le monde que Lanciano, loin de trouver à Marseille l'appui escompté pour monnayer son énorme butin, avait été assassiné par celui-là même auquel il s'était adressé et qui, sans doute, avait préféré, plutôt que de conclure un marché, s'emparer des bijoux en liquidant le voleur.

Dans l'après-midi, le commissaire Antoine Murato réunit ses collaborateurs pour faire le point.

– L'histoire est simple... Lanciano a volé les bijoux et, n'osant pas essayer de les liquider en Italie, a réussi à passer en France grâce à un contrebandier quelconque. Vraisemblablement, il connaissait une filière pour rencontrer celui susceptible de trouver l'argent – et il en fallait une belle quantité – pour lui acheter sa marchandise. Il apparaît que ce quelqu'un, trop gourmand, a préféré se débarrasser de l'Italien et s'approprier le butin. Inutile d'attendre qu'il apparaisse sur le marché... C'est trop dangereux. Son possesseur ira à la guillotine. Donc, à mon avis, il faut enquêter pour savoir qui a passé Lanciano de Gênes à Marseille, et ça ce sera votre affaire Maspie... Vous, Picherande, fouinez dans la bande d'Eloi, on y sait sûrement quelque chose... Quant à vous, Ratières, il vous faut alerter tous les indicateurs qui gravitent autour de Toni Saliceto. Le Corse n'est pas homme à reculer devant le sang s'il y a des millions en jeu. Que pensez-vous de tout ça, Picherande?

– Je suis de votre avis, patron... Je crois pas, notez bien, qu'Eloi et ses amis soient mêlés à l'affaire... Trop gros pour eux et puis jamais ils ont fait couler le sang.

– D'accord, mais un pareil chopin peut brusquement faire changer d'avis les plus résolus.

Bruno intervint :

– Il faudrait que mon père ne soit plus du tout ce qu'il était pour s'être mouillé dans cette histoire. Par contre, Hadol peut avoir passé Lanciano sans même connaître le vol des bijoux... Hadol est un contrebandier, pas un assassin.

– Ce n'est pas à vous, Maspie, que j'apprendrai que souvent l'occasion fait le larron. En tout cas, cuisinez-moi les Hadol sérieusement. Je veux savoir!

– Entendu, patron!

La réponse du garçon manquait quelque peu de conviction, car il songeait que c'était une drôle de manière de montrer à Pimprenette qu'il l'aimait toujours, que de s'en aller tarabuster ses parents; mais en choisissant ce métier, il en avait accepté les risques quels qu'ils fussent. Picherande promit de rendre visite à Double-Œil. Il lui paraissait en effet impossible qu'un événement aussi important pût se passer dans le milieu marseillais sans qu'Amédée Etouvant n'en soit averti. Déjà, Ratières repassait dans sa mémoire les noms de ses meilleurs indicateurs et se promettait de leur faire suer sang et eau. Le commissaire Murato se frotta les mains car les grosses histoires, loin de l'embêter, le mettaient d'humeur joyeuse.

– Allez, petits! Et que ça fonce!

A peu près au même instant, Pimprenette partait faire sa tournée habituelle sur le port pour voir s'il n'y aurait pas quelque chose à s'approprier sans en demander la permission à personne. La jeune fille était demeurée semblable à elle-même. Dans sa petite robe pimpante, elle filait le nez au vent sur les quais, son domaine de chasse. Les douaniers qu'elle croisait la suivaient d'un œil soupçonneux. De temps en temps, un des plus âgés la hélait :

– Oh! Pimprenette... t'es encore en train de méditer un mauvais coup?

Elle haussait les épaules en fille injustement soupçonnée.

– Méfie-toi qu'un de ces jours on t'embarque pour un sacré bout de temps!

Elle répondait par un rire insolent si plein de soleil et de jeunesse que les plus hargneux s'en trouvaient désarmés et, en toute sincérité, ils ajoutaient :

– Ça serait bougrement dommage de retirer une jolie fille comme toi de la circulation.

A dire vrai, Pimprenette continuait à voler sur les quais parce qu'elle ne savait pas faire grand-chose d'autre, mais le cœur n'y était plus comme autrefois, et tout cela à cause de Bruno. Elle ne parvenait pas à l'oublier. Longtemps, elle avait attendu qu'il lui donne de ses nouvelles. Elle ignorait que sa mère avait intercepté les lettres que le garçon lui adressait dans les débuts de sa longue absence. Elle se figurait délaissée, et penser que Bruno – après tout ce qu'il lui avait dit, promis, juré – l'avait abandonnée, la hérissa longtemps contre tous les représentants du sexe fort.

En arrivant sur le Vieux-Port, Pimprenette aperçut Hippolyte. Tout de suite elle reconnut la démarche dansante que le jeune voyou affectait pour se donner l'air d'un dur. Un instant, elle songea à l'éviter; mais, à présent que Bruno était rayé de sa vie, Hippolyte lui plaisait autant qu'un autre, et elle continua son chemin. Le fils de Geoffroy et de Séraphine Dolo l'aborda :

— Pimprenette! C'est pas vrai que c'est toi?
— Et pourquoi ça serait pas moi?
— Le temps me durait tellement de te revoir! Deux ans, c'est long, tu sais...

Maintenant, ils marchaient côte à côte, à pas lents dans le soleil illuminant le célèbre décor. Poliment, elle demanda :

— Ça a été dur?
— Au début surtout et puis je me suis imposé.

Du coin de l'œil, elle le regarda bomber le torse.

— Et c'est-ce que tu comptes faire maintenant?

Il hésita une seconde, puis :

— Pimprenette, je vais te confier un secret... Je crois que le Corse aimerait m'avoir avec lui.

Elle s'arrêta, stupéfaite.

— Tu veux dire que... que tu passerais dans l'autre camp?

Il plaida sa cause avec chaleur :

— Chez nous, il y a pas d'avenir... Le père Maspie est fini... Mon père, il devient vieux... Double-Œil aussi... Fontans tient plus à prendre des risques... Il bricole... Il reste juste tes parents, mais la contrebande, je me sens pas la vocation.

— Mais, Hippolyte, chez les Corses, c'est la drogue, les filles, toutes les saloperies, quoi!

— D'accord, seulement on peut rapidement y devenir quelqu'un et, moi, je tiens à devenir quelqu'un, et vite!

— Pourquoi?
— Pour toi, Pimprenette.
— Pour moi?
— Je t'aime toujours, Pimprenette... Là-bas, aux Baumettes, je passais mon temps à penser à toi. Qu'est-ce qu'elle fabrique? je me disais. J'avais peur que tu te maries... Alors, je crois bien que je serais devenu fada... Si tu es d'accord pour m'épouser, je

gagnerai tellement d'argent que tu vivras comme une princesse!

Pendant que le garçon parlait, Pimprenette entendait la voix de Bruno qui ne lui promettait pas de la transformer en princesse, mais seulement en une brave ménagère avec des gosses... Toujours des idées idiotes, ce Bruno!

— Tu m'écoutes, dis, Pimprenette?
— Bien sûr que je t'écoute.
— Et qu'est-ce que tu penses de ma proposition?
— Je pense qu'on peut y réfléchir.

Il lui passa le bras autour des épaules et la serra contre lui.

— Ah! tu peux pas deviner comme je suis content! Je craignais que tu rêves toujours à Bruno.

Elle se força pour ricaner :

— Bruno? Ah! là, là! Il y a belle lurette que je l'ai oublié! Un flic! Non, mais dis, pour qui tu me prends?

— Alors, ma Pimprenette, je peux aller causer à tes parents?

Quelque chose lui obstruait la gorge et elle dut se forcer pour répondre :

— Si c'est ton idée...

Les policiers chargés de l'enquête passèrent une partie de la nuit à débroussailler le problème. L'inspecteur Ratières vit défiler dans ses bureaux tous les petits indicateurs dont il n'attendait pas grand-chose, mais il n'avait pas le droit de négliger le moindre détail. Bruno interrogea ceux que l'on savait se livrer à la contrebande, sauf Hadol qu'il se réservait pour plus tard, car il se doutait que le père de Pimprenette comptait parmi ceux à qui les mauvais garçons de la côte française et de la côte italienne, entre Gênes et Marseille, avaient recours en cas de besoin. Quant à Picherande, il rendit une longue, très longue visite à Amédée Etouvant, dit Double-Œil. Contrairement à son attente, ce dernier ne put rien lui apprendre. Il n'avait absolument pas entendu parler de l'histoire et, en homme d'expérience, avait conclu :

– Si vous voulez mon avis, monsieur Picherande, tout ça, ça sent l'improvisation... Un meurtre d'occasion, quoi... Un type a vu les bijoux qu'on lui offrait et il a perdu la tête...

– Qui? Toni Saliceto?

– Je l'ignore, mais autour de lui il y a des hommes qui manient bien le couteau.

– Et Toni n'est pas maladroit non plus sur ce chapitre.

– Pas maladroit du tout.

Au petit matin, les collaborateurs du commissaire Murato rentrèrent chez eux, éreintés et d'assez méchante humeur.

L'humeur n'était pas meilleure chez les Hadol, dans la Montée des Accoules. Une cargaison de peu d'importance avait été saisie par les douaniers au large du Château d'If. Dieudonné reprochait à sa femme de risquer leur réputation dans de médiocres affaires qui, par-dessus le marché, tournaient mal. Outrée, Perrine répliquait que si elle avait épousé un homme digne de ce nom, elle ne serait pas réduite à s'occuper de tout. Habituée à ces querelles, Pimprenette évitait d'ordinaire de s'y mêler et, dès les premiers cris, s'esquivait sur la pointe des pieds pour vaquer à ses occupations particulières. Mais, ce matin, elle se sentait amorphe, sans la moindre réaction. Et ce qui devait arriver arriva. Perrine Hadol, ne trouvant pas en son mari un adversaire à sa taille, s'en prit, sans la moindre raison, à sa fille à qui elle reprocha de n'être bonne à rien, de n'être pas capable de l'aider en quoi que ce soit et de mener à vingt ans l'existence d'une fillette légèrement « demeurée ».

– On dirait, ma parole, que depuis que tu as failli

épouser ce misérable Bruno Maspie, tu es restée à moitié fadade!

— Bruno n'est pas un misérable!

— C'est ça! défends-le à présent!

— Je le défends pas... Je dis simplement qu'il pense pas comme nous, un point, c'est tout.

— Un point, c'est tout! Non, mais tu l'entends, Dieudonné? Un point, c'est tout! C'est tout, si je veux, mademoiselle!

— Oh! ça va, maman...

— Insolente! Mais où c'est que tu as été élevée, dis?

— Tu le sais bien, chez les Bonnes Sœurs.

— Et elle se moque de sa mère par-dessus le marché! Ah! tu étais bien digne de ce Bruno! Tu lui aurais peut-être même donné un coup de main pour foutre en cabane ton père et ta mère, espèce de perdue!

Dieudonné, qui adorait sa fille, essaya de se porter à son secours.

— Là, si tu veux mon avis, Perrine, tu exagères! La petite, elle a jamais rien dit de pareil!

— Ton avis, tu te doutes où je peux te le permettre, espèce de fainéant! Tu oses la soutenir contre moi, cette ingrate? Cette sans cœur? Tu oublies que c'est moi qui l'ai mise au monde, des fois?

— Je t'ai donné un coup de main pour l'occasion!

— T'en es sûr?

Devant la perfidie de la remarque, Dieudonné, ulcéré, se lamenta :

— O boun Dieu! ce qu'il faut entendre! Je t'ai toujours respectée, Perrine, mais méfie-toi! Encore une réflexion de ce genre et je te retire ma considération! Si Pimprenette n'est pas ma fille, dis-le tout de suite et je quitte cette maison pour aller me foutre à l'eau!

— Et si je te prenais au mot?

— Alors, je réfléchirais à la situation.

Mme Hadol eut un rire triomphant.

— Je m'en doutais! T'aurais jamais le courage de te détruire, pauvre fada!

— Si je comprends bien, tu me pousses au suicide? Une criminelle, voilà ce que tu es, Perrine!

— Essaie pas de me prendre par les sentiments, Dieudonné. Tu peux être tranquille, Pimprenette est bien ta fille! Elle te ressemble pour ce qui est de se laisser vivre et de se faire nourrir par une mère qui se tue au travail!

La petite regimba :

— Si tu plains tellement ma nourriture, rassure-toi, tu en as plus pour longtemps.

Cette remarque sibylline ramena le calme d'un seul coup. D'une voix inquiète, toute sa grande colère oubliée, Perrine s'enquit :

— Qu'est-ce que tu veux dire?

— Que je vais me marier!

D'un même élan, ils furent tous les deux auprès d'elle.

— Tu te maries, doux Jésus! Et avec qui?

— Avec Hippolyte Dolo.

— Hippo... mais il est en cabane!

— Il en est sorti... Je l'ai rencontré et il m'a demandé de devenir sa femme.

— Et tu as accepté un minable de cette espèce?

— Oui.

— Je te l'interdis.

— Je me passerai de ton consentement!

— Bonne Mère!

Perrine fonça sur sa fille et lui colla une gifle qui claqua dans l'appartement. Fiérote, la gosse se redressa.

— Faudra que tu me tues pour m'empêcher de me marier avec Hippolyte.

— Mais, malheureuse, qu'est-ce que tu lui trouves à ce pas fini?

— Ça, ça regarde que moi...

Mme Hadol apostropha son mari :

— Et toi, c'est tout ce que tu trouves à dire quand ta fille s'apprête à commettre une folie qui me conduira tout droit au cimetière?

Le papa essaya de la tendresse.

— Ma Pimprenette, tu ne peux pas parler sérieusement? Les Dolo, c'est racaille et compagnie... Des gagne-petit... Tu crèveras la faim avec Hippolyte, et puis, à mon idée, ce garçon il a pas de bons sentiments... Je le crois capable de tout... Tu voudrais quand même pas être la veuve d'un guillotiné, hé?

Butée, Pimprenette refusa de répondre et sa mère s'en prit au ciel.

— Mais, qu'est-ce que je vous ai fait pour que vous m'obligiez à porter une pareille croix?

On eût bien surpris la bonne femme si on lui avait appris que ses activités ne devaient pas être considérées d'un tellement bon œil par le Seigneur et ses saints.

Les choses tournaient nettement à l'aigre lorsque Félicie Maspie se présenta. Son arrivée calma subitement les grandes colères prêtes à se prolonger en imprécations véhémentes, parce que tout de même, devant les étrangers on doit se tenir. Perrine Hadol exécuta une volte-face qui laissa pantois son mari, pourtant habitué aux variations de l'humeur de son épouse.

— Vé! mais c'est Félicie... Et alors, petite, qu'est-ce qui t'amène? Il est rien arrivé chez toi, j'espère?

— Je voudrais parler à Pimprenette.

— Tu tombes mal, peuchère!

— Elle est malade?

— Malade? C'est elle qui rend les autres malades, oui! Une abomination, voilà ce qu'elle est, Pimprenette! D'abord, y a rien d'étonnant à ça, c'est tout le portrait de son père!

Dieudonné bondit sous l'outrage.

— Et c'est comme ça que tu oses parler de ton mari devant une nistonne qui va plus me respecter?

— Dieudonné, je te ferai remarquer que nous sommes pas seuls et que nos querelles, elles intéressent pas une jeune fille que tu pourrais dégoûter du mariage!

Ecrasé par un raisonnement dont la logique lui apparaissait pleine de mauvaise foi, sans qu'il parvînt à en fixer les limites, le Grand Soufflé se laissa retomber sur sa chaise, se demandant s'il réussirait à comprendre quelque chose aux femmes avant de mourir. Ne lui prêtant plus aucune attention, Mme Hadol interrogeait Félicie sur la santé de sa famille, parut enchantée d'apprendre que tout le monde se portait bien dans le clan Maspie et conclut :

— Si tu tiens à parler à cette abomination de Pimprenette, tu as qu'à grimper dans sa chambre, parce que si je l'appelle, elle serait assez mauvaise pour pas répondre et se fermer à clé.

Félicie frappa discrètement à la porte de Pimprenette.

— Qui c'est?
— Félicie...
— Entre.

Pimprenette avait beau jouer les importantes, la fille cadette des Maspie voyait bien qu'elle venait de pleurer.

— Bonjour, Pimprenette...
— Bonjour... Comment c'est possible que tu sois là?
— Il y a longtemps qu'on s'est pas vu.
— Tu sais la raison?
— Justement...
— Justement, quoi?
— J'ai rencontré Bruno.
— C'est pas vrai?

Rien qu'au ton de la petite, Félicie sut qu'elle aimait toujours son frère. Mais Pimprenette se reprenait :

— Et alors? Qu'est-ce que tu veux que ça me fasse?
— Il aimerait bien te parler.

— Il peut courir! Je fréquente pas les flics!
— Il est malheureux...
— Tant pis pour lui!... Malheureux, pour de vrai?
— Pour de vrai!
— Et pourquoi?
— Parce qu'il est toujours amoureux de toi.
— Et tu te figures que je te crois?
— Moi, je te dis ce qu'il m'a dit, hé?... Il t'attendra à la Fontaine de Longchamp, à 11 heures.
— Si ça l'amuse d'attendre, il aura tout le temps de prendre racine!
— Tu agiras à ton idée, Pimprenette. Maintenant, je file à mon travail. Tu permets que je te fasse la bise?

Elles tombèrent dans les bras l'une de l'autre, pleurèrent un bon coup et Pimprenette gémit :
— Mais pourquoi qu'il est devenu flic, celui-là?

Cependant, les amours difficiles de Pimprenette et de Bruno n'intéressant absolument pas ces messieurs de la Sûreté Nationale, les inspecteurs continuaient leur enquête au sujet du meurtre de Tomaso Lanciano. Jérôme Ratières, encore peu connu dans le milieu, pouvait se permettre, sans être vite repéré, de poser des questions à droite et à gauche. Il s'adressait surtout aux femmes, sachant que son physique de beau garçon impressionnait favorablement ces dames, dont les déchéances n'étouffaient jamais complètement les illusions romanesques. Toutefois, en dépit de ses efforts, il n'avançait guère. Il semblait que personne n'eût soupçonné l'existence de Lanciano avant d'apprendre, par les journaux, ce qui lui était arrivé.

De son côté, Picherande attendait beaucoup de son entrevue avec Eloi Maspie auquel il avait rendu bien des services en ne le chargeant jamais, ni lui ni les siens, lorsqu'il leur arrivait de se faire prendre, et ceci à cause de Bruno, son protégé.

Maspie-le-Grand berçait la mélancolie qui ne le

quittait plus depuis le départ de son fils aîné de la maison familiale, en fumant sa pipe, installé dans un fauteuil de la salle à manger. Lorsqu'il entendit cogner à la porte palière, il songea à un client désireux de lui exposer son problème et se redressa sur son siège afin d'en imposer au visiteur. Célestine se montra tout soudain devant lui, le souffle court, le rouge aux joues.

– Eloi...
– Quoi? Qu'est-ce qu'il y a?
– C'est... c'est M. Picherande!
– L'inspecteur?... Qu'est-ce qu'il veut?

Picherande entra et, jovial :

– Simplement bavarder un moment avec vous, Maspie.

Eloi commanda à sa femme de sortir la bouteille de pastis et bientôt le policier et le vieux hors-la-loi trinquèrent comme de bons amis, qu'au fond, ils étaient. Picherande exposa à Maspie-le-Grand ce qu'il savait du meurtre de Lanciano et de ses raisons. Eloi l'écouta attentivement et, quand l'autre eut terminé :

– Pourquoi vous me racontez ça?
– Parce que j'ai pensé que vous pourriez me donner un coup de main.
– Méfie!... Faudrait pas me méprendre au point de me prendre pour un indic, Picherande! Sinon, on se fâche pour de bon tous les deux, et je vous fous dehors, moi, tout inspecteur que vous êtes! C'est pas une raison parce que j'ai un fils qu'a mal tourné pour que je marche sur ses traces!

Picherande, habitué aux manières de Maspie-le-Grand depuis qu'il le fréquentait, ne se montra pas particulièrement ému par des menaces qui ne l'intimidaient guère. Il feignait la résignation.

– Bon... N'en parlons plus!
– C'est ça, n'en parlons plus et buvons un coup.

Ils trinquèrent de nouveau. Le policier reposa son verre et dit, comme se parlant à lui-même :

— C'est vrai que vous avez changé, Eloi... Je ne voulais pas le croire, mais c'est vrai... et si vous tenez à mon avis, Eloi, c'est bien triste, surtout quand on pense à ce que vous avez été...

Maspie faillit tout de bon s'étrangler avec le pastis qu'il buvait et Célestine, à l'affût derrière la porte, se précipita en entendant les quintes, les râles, les suffocations de son époux, dans le dos duquel elle frappa avec l'énergie que peuvent donner près de trente années d'existence conjugale, en même temps qu'elle tournait vers l'inspecteur un regard lourd de reproche et qu'elle lui demandait :

— Pourquoi vous le mettez dans des états pareils?
— Mais, ma bonne Célestine, je ne sais pas ce qu'il a!

Eloi, ayant retrouvé une respiration normale, écarta brutalement sa femme et se dressa, vengeur :

— Il ne sait pas ce que j'ai! O fan de chirchoule! Il m'insulte à domicile et il ne sait pas ce que j'ai! Mais vous voulez me le faire prendre le coup de sang ou quoi?
— Je vous assure, Eloi...
— Menteur! Parfaitement, menteur!
— Je n'ai encore rien dit!
— Vous allez proférer un mensonge, ou même une série de mensonges, alors je prends les devants! Et d'abord, en quoi est-ce que j'ai changé?
— Autrefois, vous ne protégiez pas les assassins.
— Parce que vous voulez dire que maintenant...?
— Té! votre silence, votre refus de coopérer, c'est de la complicité, non?
— De la...! Célestine, enlève tout ce qui est à portée de ma main ou sans ça, quand il s'en ira ce policier de malheur, c'est un cadavre qui franchira le seuil de notre porte!

Célestine tenta d'apaiser cette grande colère.
— Calme-toi, Eloi... Ça te vaut rien de crier comme ça!

— Je crierai si ça me plaît! Mais, pour te faire plaisir... par respect pour la mère de mes enfants, je me calme... c'est pas sans peine, mais je me calme et c'est calmement — tu remarqueras, Célestine — que je prie M. Picherande de bien vouloir foutre le camp!

L'inspecteur se leva.

— C'est bon, je m'en vais, Eloi... Je me rends compte à présent que je n'aurais pas dû m'imposer cette démarche humiliante... J'eusse été mieux inspiré d'écouter votre fils.

Aussitôt Célestine mordit à l'appât.

— Parce que vous le voyez, notre garçon?

— Si je le vois? Il est mon collègue et si ça vous intéresse, madame Célestine, il a une belle carrière devant lui... A propos, il m'a prié de vous embrasser pour lui, parce qu'il vous aime bien... Il faut l'entendre parler de sa maman...

Fondant en larmes, Mme Maspie hoqueta :

— Qu'est.... qu'est-ce qu'il... raconte?

— Que c'est bien dommage que vous ayez rencontré, dans votre jeunesse, un truand dans le genre de votre mari... et que tout votre malheur vient de là... Vous permettez, pour la bise, madame Célestine?

Sans répondre, la maman de Bruno se laissa aller sur la poitrine de Picherande qui l'embrassa, à la bonne franquette, sur les deux joues. Un peu surpris tout de même par l'absence de réaction d'Eloi, le policier et Célestine se tournèrent vers lui. Il ressemblait à la statue du commandeur. Debout, les bras croisés, l'œil sévère en même temps que méprisant, il fixait son épouse et son hôte. Il y avait tant de dignité outragée, de justice bafouée, de malheurs immérités dans l'attitude de Maspie-le-Grand, que Célestine se remit à pleurer en balbutiant :

— E... E... E... loi...

— Plus un mot, Célestine! Après vingt-sept années de mariage, tu m'as bafoué! Tu as craché sur mon honneur!

– Parce que j'ai embrassé M. Picherande?
– Parce que tu as embrassé cet individu, en effet.

A travers ses larmes, Célestine ébaucha un sourire ressemblant à un rayon de soleil après l'ondée.

– Tu serais pas jaloux, des fois?

Il haussa les épaules, excédé par tant d'incompréhension, tandis que la brave Célestine, naïve, insistait :

– C'est de bonne amitié qu'on s'est fait la bise, tu sais? Tu crois quand même pas autre chose, des fois?

Alors, il n'y tint plus et si, dans la rue Longue-des-Capucins, on ne pouvait entendre ce qui se racontait chez les Maspie, les éclats de la terrible colère d'Eloi obligeaient les passants à ralentir le pas pour tendre l'oreille.

– Jaloux? Non, mais, pauvre fadade, tu t'es pas regardée? Une rascasse qui serait restée toute l'année au soleil!

– Oh!

Célestine croyait toujours ce qu'on lui disait et interprétait les mots au pied de la lettre. Sous le coup la frappant, elle s'assit, ne tenant plus sur ses jambes. Son mari ne l'aimait plus! Elle en était convaincue. Une rascasse! Par un enchaînement logique, elle se souvint de ce à quoi la comparait Eloi vingt-sept années plus tôt, quand il l'emmenait promener du côté d'Allauch pour lui offrir des nougats : un rossignol. Ce passage brutal d'une espèce animale à une autre paraissait, aux yeux de la pauvre femme, le symbole même de sa déchéance. Sa peine s'affirmait telle qu'elle ne prêtait pas attention à la diatribe que Maspie-le-Grand – ayant retrouvé sa forme d'autrefois – lançait à pleins poumons :

– Non seulement tu oses, en ma présence, demander à cet individu des nouvelles d'un garçon que j'ai renié, que j'ai chassé de sous mon toit, mais encore tu te permets, à travers la personne de ce policier de malheur, d'embrasser le misérable qui est la honte de la famille, celui à cause de qui j'ose plus me promener dans les rues de crainte qu'on me montre du doigt en ricanant! Et ce fils ingrat, ce monstre qui ferait rougir les assassins les plus endurcis, non content de nous déshonorer avec satisfaction, il se permet d'insulter son vieux père! Il insinue que j'ai causé ton malheur, té! si je me retenais pas, j'irais le trouver ce Bruno pour lui cracher à la figure et l'étrangler de mes propres mains!

Picherande, que la véhémence d'Eloi n'intimidait guère, souligna :

– Heureusement que vous vous retenez!

– Parfaitement, monsieur Picherande! Je ne veux pas devenir le meurtrier de celui qui fut mon fils!

– Sans compter qu'il n'est pas du tout démontré qu'il se laisserait assassiner.

– Prétendriez-vous qu'il lèverait la main sur son père?

– Et même qu'il la laisserait retomber!

Maspie-le-Grand poussa un cri affreux qui arracha Célestine à sa torpeur douloureuse.

– Qu'est-ce que tu as, Eloi?

– J'ai que, plutôt d'être frappé par mon propre fils, je préfère mourir! Allez, vaï, c'est décidé, je meurs!

Comme toujours, Célestine crut ce que son mari disait et, se voyant déjà veuve, se mit à hurler à son tour :

– Non! Ne meurs pas, Eloi!

– Si!

– Non!

– Si!

Ironique, l'inspecteur conseilla :

– Laissez-le donc mourir si ça lui plaît, madame Maspie... Je serais même curieux de voir ça!

Du coup, Eloi se redressa, indigné.

– Et vous vous figurez que je mourrais devant un étranger? J'ai de la discrétion, moi, monsieur Picherande ! J'impose pas ma présence aux autres, moi, monsieur Picherande ! Et mon agonie, c'est quelque chose de privé, monsieur Picherande !

Excédé, le policier changea de ton :

— Cessez de faire l'imbécile, Eloi ! Alors, ça vous est égal, le meurtre de Lanciano ?

— Mais, bon Diou ! qu'est-ce que vous voulez que ça me fasse ? Que ce soit Saliceto ou n'importe quel autre, ils peuvent bien massacrer tous les Ritals de Marseille et des Bouches-du-Rhône, je m'en fous et je m'en contrefous !

Picherande sourit :

— Merci pour le tuyau, Maspie, et à charge de revanche !

— Qué tuyau ?

Le policier sortit sans répondre. Incompréhensif, Eloi regarda sa femme.

— Qu'est-ce qu'il a voulu dire, ce jobard ?

Mais avant que Célestine ait pu donner son opinion, Picherande réapparaissait et, toujours souriant, s'adressait à l'épouse de Maspie :

— Madame Célestine, voudriez-vous être assez aimable pour me rendre ma montre ?

Il y eut un silence. Célestine voulut protester, mais Eloi la contemplait d'une manière si grave, qu'elle baissa la tête, mit la main dans sa poche, en sortit la montre qu'elle tendit à l'inspecteur en murmurant :

— Excusez-moi... j'ai pas fait attention !...

Ce fut Eloi qui la blâma :

— T'as pas honte, Célestine ? A notre hôte ? (Et, se tournant vers le policier, il ajouta, attendri :) Une vraie gamine...

— On ne se débarrasse pas d'un coup de vieilles habitudes.

Lorsqu'ils furent seuls, Maspie-le-Grand, la larme à l'œil, constata :

— Ce que tu as pu rester jeune, ma Célestine...

— Et c'est sans doute pour ça que tu m'as traitée de

rascasse, alors qu'autrefois tu m'appelais ton rossignol?

Il la prit dans ses bras.

— Je vais te confier un secret, Célestine : à mon âge, je préfère la rascasse.

Cette scène de tendresse avait son homologue devant la Fontaine de Longchamp. Pourtant, après le départ de Félicie, Pimprenette était bien décidée à ne pas se rendre au rendez-vous de Bruno. D'abord parce qu'elle ne l'aimait plus — est-ce qu'une fille comme elle pouvait s'éprendre d'un flic — et, ensuite, parce qu'elle s'était quasiment promise à Hippolyte qui n'allait pas tarder à se présenter chez ses parents pour la demander officiellement. Un brave pastis, en perspective!

Pimprenette ne sut jamais comment la chose s'était produite, mais à 11 heures elle arrivait à la Fontaine de Longchamp et presque aussitôt se jetait dans les bras de Bruno qui l'attendait. Alors, il n'y eut plus de flic, plus de Bruno, plus de pastis à redouter et Mlle Hadol se retrouva, comme trois années plus tôt, près du garçon qu'elle aimait et que rien ne pourrait jamais l'empêcher d'aimer. Quand ils se dégagèrent, ils se contemplèrent longuement. Pimprenette remarqua :

— Tu as pas changé...

Il affirma :

— Tu es restée la même, tu es toujours aussi belle!

Et, de nouveau, ils s'étreignirent. Une femme qui passait, remorquant un gosse à chaque main, les apostropha :

— Vous pourriez pas vous tenir un peu, non? Vous croyez que c'est un spectacle pour les enfants?

Le plus simplement du monde, Pimprenette répondit :

— Mais nous nous aimons pour de bon!

La femme eut un haussement d'épaules apitoyé.

— Peuchère! Toutes les mêmes! Moi aussi, j'ai cru

aux romances, aux promesses. (Elle montra les deux bambins hargneux pour conclure avec amertume :) ... Et voilà ce qui en reste! Avec en plus le blanchissage, le ménage, la cuisine... Allez! vaï! Fichez le camp, petite, s'il vous reste encore un peu de jugeote.

Et, sans plus insister, elle s'en fut maugréant toute seule, invectivant sans doute l'espèce mâle en général et son mari en particulier. Mais Pimprenette était trop heureuse pour admettre que son bonheur ressemblait à celui des autres. Lorsque, avec Bruno, ils se furent bien embrassés, serrés, mignotés, admirés, elle demanda de sa petite voix pointue :

— Bruno... Pourquoi m'as-tu fait ça?
— Quoi?
— Comment, quoi, monstre de nature? Tu m'as abandonnée!
— Moi? Mais c'est toi qui...
— Moi? Oh! Bonne Mère! ce qu'il faut entendre! C'est moi, peut-être, qui me suis déshonorée en entrant dans la police?
— Toi, tu te déshonores depuis tout le temps en t'emparant de ce qui ne t'appartient pas!
— Bruno! Tu oses prétendre que je suis pas une fille bien?
— Non, tu n'es pas une fille bien!
— Oh!

La colère la suffoquait, en même temps que le chagrin et l'incompréhension. Elle parvint cependant à bégayer :

— Et tu veux quand même me marier?
— Parfaitement?
— Et pourquoi?
— Parce que je t'aime, Pimprenette, et que je ne pourrai jamais en aimer une autre que toi.

Ils retombèrent dans les bras l'un de l'autre, méprisant la logique pour ne songer qu'à leur tendresse. A midi, Bruno et Pimprenette se considéraient comme des fiancés officiels. La petite acceptait de mener une existence normale auprès de son bien-aimé et, au nom de l'amour, passait avec armes et bagages de l'autre côté de la barricade. Elle rentrait chez elle gaie comme un pinson au printemps, elle avait complètement oublié un certain Hippolyte Dolo qui devait venir demander sa main.

Quittant la rue Longue-des-Capucins, l'inspecteur Picherande était convaincu que, sans tellement le vouloir – mais savait-on jamais avec ce diable d'Eloi? –, Maspie-le-Grand venait de confirmer ses doutes quant à la culpabilité de Toni Saliceto dans le meurtre de Lanciano. Mais le policier ne nourrissait aucune illusion sur ses possibilités de convaincre le caïd d'une culpabilité qui à ses yeux ne souffrait pas la moindre incertitude. Saliceto régnait sur le milieu et y était craint. Tout bavard signait son arrêt de mort et Picherande n'ignorait pas que Ratières n'obtiendrait rien de ses indicateurs habituels, terrorisés par la menace des plus terribles représailles. Alors, le policier décida de déclencher le grand baroud par une manœuvre pas tellement loyale. Mais la fin, pour lui, justifiait tous les moyens.

Picherande visita la plupart des cafés aux environs de la Bourse et finit par rencontrer son jeune collègue Ratières dans l'un d'eux. Lorsqu'il l'aperçut, le policier bavardait avec un homme au regard fuyant, qui s'éclipsa à l'approche de Picherande connu de toute la pègre. Ce dernier comptait que bien des oreilles se tendraient pour écouter sa conversation avec Ratières. C'était exactement ce qu'il souhaitait. Il s'installa auprès de son collègue un peu surpris, commanda un pastis et entama :

– Alors, petit, tu es arrivé à quelque chose?
– Non. Bouche cousue partout.

Picherande rit :

– C'était couru! Je l'avais dit au patron que ce

reux malfaiteur tombe enfin dans les mains de la police et qu'il paie ses dettes à la société. Pour cela, nous accordons toute notre confiance au commissaire divisionnaire Murato et à son équipe. »

— Fumiers!

Bastelica s'enquit doucement :

— Ça t'intéresse pas de savoir qui a rancardé les flics?

— Je veux!

— Eloi Maspie.

— Antoine, tu es fou?

— Parfaitement! Cette cloche de Maspie-le-Grand! Filosel se trouvait dans le café où Picherande sortant de chez Maspie est venu, tout chaud, raconter l'affaire à son collègue Ratières! Qu'est-ce que t'en dis?

Saliceto demeura un instant silencieux, puis :

— Ce que j'en dis? que je vais aller bavarder un peu avec « mon ami » Eloi. Seulement, il y a autre chose...

— Quoi?

— Maspie a ses indicateurs... Il est généralement bien renseigné... D'autre part, cette histoire de l'Italien et ces bijoux envolés, on n'en a rien su, nous autres, du moins, moi...

— Qu'est-ce que ça signifie ce « du moins, moi », Toni?

— Que c'est peut-être bien un de vous deux qu'a fait le coup!

Bastelica se leva lentement, pâle comme un mort.

— Tu me crois capable de te doubler?

— Un million de francs d'aujourd'hui, c'est une somme, non?

Antoine se tourna vers Bacagnano.

— Tu entends, Louis, la confiance qu'il a en nous?

L'autre, sans s'arrêter de manger, haussa les épaules et affirma d'une voix étouffée par le pain et le morceau de figatelle qu'il ruminait :

– Si j'avais un million de verroterie dans mes fouilles, il y a longtemps que je me serais tiré!

Saliceto ricana :

– Encore faudrait-il que tu puisses la laver la verroterie, petit!

Louis cessa de mastiquer une seconde, juste le temps de prononcer avec pitié cette opinion définitive :

– Ce que tu peux être c..., Toni, par moment!

Si les choses n'allaient pas tellement bien entre Saliceto et ses complices, elles n'allaient guère mieux dans le bureau du divisionnaire Murato qui admonestait ses adjoints.

– De quoi a-t-on l'air, je vous le demande? On a à peine repêché Lanciano et constaté la disparition de son magot qu'on pille, sous notre nez, une bijouterie rue Paradis, en estourbissant aux trois quarts le vigile assurant la surveillance du magasin. A propos, comment va-t-il, Picherande?

– Pas très fort... On lui a tapé un peu trop fort sur la tête... Les médecins seraient plutôt pessimistes.

– Bravo! Deux cadavres en quelques heures! Franchement, messieurs, les Marseillais vont se sentir protégés contre les malfrats de tout poil qui ont établi leurs pénates chez nous! Est-ce que vous avez une idée de la raison pour laquelle on vous paye?

Picherande prit la mouche :

– Cette raison s'il m'arrivait de l'oublier, patron, j'aurais qu'à me foutre à poil devant mon armoire à glace! Elle m'a laissé des traces un peu partout, cette raison!

Murato n'ignorait rien des différentes blessures portées sur le livret individuel de Constant Picherande. Il se radoucit :

– Je disais ça pour vous asticoter, mon vieux.

– Il n'en est pas besoin. On les aura tous. On y mettra le temps peut-être, mais on les aura.

— Acceptons-en l'augure... Où en êtes-vous, Constant ?

En appelant son adjoint par son prénom, le divisionnaire signifiait sa confiance.

— En ce qui concerne l'affaire Lanciano, rien encore. J'attends le résultat de mon intervention dont je vous ai parlé hier soir, patron...

Et d'un clin d'œil, Picherande conseilla à son supérieur de ne pas faire allusion au piège, tendu par ses soins, devant Bruno qui aurait pu trouver mauvais qu'on mît son père dans le coup. D'un imperceptible signe de tête, Murato donna à entendre qu'il avait compris.

— Quant au vol de la rue Paradis, ça ne se présente pas mal. Le vigile reprendra suffisamment conscience pour reconnaître son agresseur ou... feindre de le reconnaître.

— Encore faudrait-il que vous le lui présentiez ?

— Comptez sur moi, dès que l'hôpital m'aura donné le feu vert.

— Et qui... ?

— Antoine Bastelica.

— Le bras droit de Saliceto ?

— Il m'a semblé reconnaître sa manière dans la façon dont on a brisé les vitrines.

— Ce serait excellent... si le blessé le reconnaissait !

— Il le reconnaîtra !

— Et vous, Ratières ? Vos indicateurs ?

— Muets comme des carpes. Ils ont peur.

— Et vous, Maspie ?

— J'ai rencontré tous les petits contrebandiers, tous les petits receleurs, par acquit de conscience mais, bien entendu, ni les uns ni les autres n'ont l'envergure nécessaire pour se mouiller dans une affaire d'un million de bijoux...

— Alors ?

— Alors, si Lanciano n'est pas arrivé à Marseille avec des Italiens, il faut chercher du côté de Dieudonné Hadol... Quant aux bijoux, seul Fontans est susceptible de dénicher l'argent nécessaire pour les payer... En déduisant ses bénéfices, ses frais, ses risques tarifés, il faudra tout de même qu'il sorte au moins trois cent cinquante mille à quatre cent cinquante mille francs. Personne d'autre que lui n'est capable, dans le milieu, de réunir pareille somme.

Célestine ayant décidé de préparer une bouillabaisse, Eloi avait eu la complaisance de descendre tôt chez un pêcheur de ses amis pour y prendre le poisson de roche nécessaire à la confection du plat. Tout en remontant la rue Longue-des-Capucins, il lisait le journal et tempêtait intérieurement contre ce Picherande qui semblait se mettre à l'abri derrière lui – sans le nommer, bien sûr – pour dénoncer Saliceto et sa bande. Maspie-le-Grand était si absorbé par sa lecture qu'il faillit percuter la rutilante voiture arrêtée devant sa porte. Il étouffa un juron et, levant les yeux, aperçut Picherande qui, sous un porche, le regardait en souriant. Eloi fonça vers lui, brandissant le journal :

– Comment vous avez osé...

Impassible, le policier répondit :

– A votre place, Eloi, je rentrerais chez moi... Il paraît que vous avez de la visite... et importante si j'en juge par le carrosse qui trimballe ces messieurs.

La voix un tout petit peu tremblante, Eloi demanda :

– Le Corse?

– J'en ai comme une vague idée...

– C'est ce que vous vouliez, hein, barbare?

– Pour ne rien vous cacher, oui. Je reste là et si les choses se gâtaient là-haut, appelez-moi.

Maspie-le-Grand le considéra avec infiniment de hauteur.

– Vous pensez tout de même pas que, moi, j'aurais la trouille devant le Corsico?

Cette belle affirmation n'empêcha pas Eloi de monter l'escalier à pas de loup. Arrivé devant sa porte, il tendit l'oreille. Rien. Soudain, une panique stupide l'empoigna et il se jeta en avant s'attendant à voir tout son monde égorgé. La porte n'étant que poussée, Eloi ne rencontra pas de résistance et pénétra comme un bolide dans le salon. Un croche-pied gamin de Bacagnano le fit s'étaler et arriver aux pieds de Célestine sur le ventre. Gouailleur, Toni qui se curait les ongles avec une sacagne dont la lame avait au moins vingt centimètres, conseilla :

— Relève-toi donc, Maspie... le Grand!

Les trois truands se mirent à rire tandis que le pépé grommelait :

— Boun Diou, si j'avais mon fusil...

Toni ordonna sèchement :

— Tais-toi, l'ancêtre, ou on t'envoie au lit sans dessert!

Tremblant d'humiliation, Eloi se releva et jeta un coup d'œil sur le tableau. Près de la porte, Bacagnano fumait. Dans le fauteuil, Bastelica buvait un excellent porto de contrebande donné par Hadol; Toni, près de la fenêtre, regardait tantôt la rue, tantôt ses hôtes obligés. Célestine, le pépé et la mémé étaient assis en rang d'oignon sur les chaises. Eloi tenta de reprendre l'avantage. Hargneux, l'air mauvais, il s'enquit :

— C'est parce que vous êtes trois contre deux vieux et une femme que vous vous prenez pour des hommes?

— Ta gueule!

— Non, mais dis donc, Saliceto, pour qui tu te prends? D'abord, qu'est-ce que tu fabriques chez moi sans y avoir été invité?

— Tu t'en doutes pas un peu?

— Non.

— T'aurais dû le demander à ton ami Picherande avec qui tu bavardais amicalement tout à l'heure et qui est prêt à te donner un coup de main. Qu'est-ce que t'attends pour l'appeler?

— Pas besoin de lui pour te vider comme le malpropre que t'es!

— Toi, t'as envie qu'on te taille les oreilles en pointe, hé?

Saliceto s'avança et posa délicatement sa lame sur le cou de Maspie.

— Chante voir encore un peu ta chanson? Je l'ai pas bien entendue?

Ce n'était pas que le mari de Célestine fût peureux, mais enfin il savait reconnaître quand il avait le dessous.

— Assieds-toi, Maspie... le Grand! Le grand salaud, oui!

Eloi prit place sur la dernière chaise.

— Alors, paraîtrait que sur ses vieux jours on se fait indic, ordure?

— Je te jure...

— Ta gueule! Y a rien d'étonnant d'ailleurs quand on est assez pourri pour transformer son rejeton en flic...

— Je l'ai foutu à la porte!

— Tu m'prendrais pas pour un fada, des fois? Tu bouffes à tous les râteliers. T'es pas un homme, Maspie... Une simple cloche... Un paumé qui a les foies... et que j'ai bien envie de corriger! S'il y avait pas le policier sous tes fenêtres, tu aurais droit! Maintenant, écoute bien, et tâche de te rappeler : à partir d'à présent, tu la fermes, vu? Si on te demande encore des tuyaux, tu répondras que tu t'es gourré... que tu sais rien... parce que, si jamais tu te remettais à débloquer, nous autres, on revient... et quand on repartira de chez toi, t'auras plus qu'à appeler police secours pour qu'on t'emmène à l'hôpital avec ces trois potiches-là... Quant à ton fils, conseille-lui de pas foutre son nez dans mes affaires parce qu'aussi sec, il se retrouve dans le Vieux-Port avec quelques kilos de fonte dans les poches!

— Ou un poignard dans le dos!

Sur la table du salon des Maspie, il y avait un portefeuille, une montre en or et un pistolet. Le pépé et la mémé rigolaient.
– On n'a pas tellement perdu la main... et puis, fallait bien qu'on garde un souvenir de cette gentille visite, pas vrai, Eloi?

La bouche en cœur, l'œil noir et le cheveu calamistré, vêtu de son meilleur complet, chaussé de vernis étincelants, Hippolyte Dolo sonna plein de confiance à la porte des Hadol. Dieudonné le reçut et, dans un sourire complice, s'enquit de l'objet de sa visite :
– C'est pour quoi que tu t'amènes, petit?
– Pour une affaire qui me tient à cœur, monsieur Hadol.
Introduit dans le petit salon où, dans des vitrines ou sur des tables et des commodes s'étalaient des produits de tous les artisanats du monde, Hippolyte se sentait quelque peu oppressé, surtout qu'il se trouvait en présence de Perrine Hadol plus junonesque que jamais. Le garçon salua :
– Madame Hadol, je viens...
Elle l'interrompit brutalement :
– Je sais pour quoi tu viens! Et si tu veux mon avis, ce mariage il me plaît pas! Avoir veillé vingt ans sur une fille qu'il y a pas mieux dans toute la ville pour la donner à un paumé de ton espèce, il y a de quoi vous dégoûter d'être mère!
L'autre voulut regimber.
– Permettez, madame Hadol...
– Je permets pas et je t'avertis : faudrait pas avoir dans l'idée de parler plus fort que moi dans cette maison, hé? Et puis, Pimprenette, tu te la prends – puisqu'elle est d'accord, l'idiote! – mais tu te la prendras sans un sou! Juste ce qu'elle a sur le dos et ce qu'elle pourra emporter de vêtements dans la plus moche de ses valises. Mais puisque tu l'aimes tant,

espèce de suborneur de quatre sous, je pense que ça t'est égal?
— Parfaitement que ça m'est égal!
— Me parle pas sur ce ton ou je te colle un pastisson que t'en auras pour un mois à te remettre!
— A quand le mariage, madame Hadol?
— Quand t'auras l'argent pour le payer, crève-la-faim! Pimprenette?

Du haut de l'escalier, la voix acide de la petite tomba sur les autres.
— Qué?
— Descends! Y a ton minable qui t'attend!

Elle dégringola l'escalier s'imaginant que Bruno était là et s'arrêta pile en voyant le fils de Dolo.
— Qu'est-ce que tu veux?
— Comment ça, ce que je veux? Mais on était d'accord, non?

Pimprenette regarda sa mère avec une fausse naïveté.
— Tu comprends ce qu'il raconte, toi?

Perrine était trop heureuse du revirement de sa petite pour ne pas entrer cyniquement dans son jeu.
— Tu sais, faut pas faire trop attention. Chez les Dolo on est fada de père en fils!

Hippolyte en avait assez. Il hurla :
— Vous vous foutez de moi, tous, hé?

Mme Hadol le prit de haut :
— Doucement, petit, doucement... si tu n'as pas envie qu'il t'arrive malheur...

Mais le garçon, hors de lui, ne pouvait plus se calmer.
— Vous avez pas fini d'entendre parler de moi! Et vous, Dieudonné, qu'est-ce que vous dites de cet affront qu'on me fait, chez vous?
— Oh! moi, je dis rien... je dis jamais rien... Mais puisque tu me demandes mon avis : je crois qu'il vaudrait mieux que tu t'en ailles.

D'un geste vif, Hippolyte sortit un couteau de sa poche.

— Et si je vous saignais comme un cochon avant de partir, hé?

Perrine Hadol était femme de tête et, quand il le fallait, elle ne regardait pas à la dépense. Laissant à son mari le soin de gémir d'épouvante, elle empoigna un superbe vase venu directement de Hong-Kong et dont la couleur rappelait le bleu inégalable de la grande époque chinoise. Elle le brisa avec un han! de bûcheron sur le crâne du jeune Dolo qui se répandit sur le sol sans un geste de protestation. Perrine attrapa le vaincu par le col de sa veste et, le tirant, s'en fut le déposer sur le trottoir. A un voisin qui s'étonnait de cet exercice, elle se contenta de répondre :

— Vous croyez pas qu'il s'était permis de venir demander la main de ma fille!

Dieudonné accueillit le retour de son épouse par un lamentable :

— Tu l'as pas tué, au moins?

Elle haussa ses lourdes épaules.

— Quelle importance! Pimprenette, embrasse-moi ma beauté!

La petite se jeta dans les bras de sa mère où elle ronronna comme une chatte.

— Je suis bien contente, mon belou, que tu te maries plus...

Pimprenette se dégagea vivement :

— Mais si que je me marie!

— Tu te...! Et avec qui, s'il te plaît?

— Avec Bruno Maspie!

Le voisin demeuré sur le trottoir raconta, plus tard, qu'il avait bien cru sur le moment que la famille Hadol était assaillie par les Zoulous — qu'il avait combattus autrefois –, mystérieusement débarqués, tant les galopades effrénées, les hurlements spasmodiques, les supplications agitaient la maison entière. Les gens se montrèrent aux fenêtres, s'interrogeant les uns les autres. Devant l'effervescence de la rue, Perrine dut se montrer sur le seuil pour clamer :

— Et alors, on n'a plus le droit d'avoir une explication en famille?

Juste à cet instant, Hippolyte rouvrait les yeux. La vue de Mme Hadol le fit bondir sur ses pieds et prendre ses jambes à son cou.

Fontans-le-Riche regardait Bruno avec des yeux ronds.

— Vé! mon garçon, si je te comprends bien, tu m'accuses d'avoir fourgué un million de bijoux volés par cet Italien qui est allé dans l'autre monde en passant par le Vieux-Port. (Il se signa dévotement.) Plus ceux qu'on a piqués, cette nuit, rue Paradis? Bruno, tu me déçois... On dirait que tu me connais pas!

La bonne figure honnête du gros receleur se creusait sous le coup d'une poignante émotion, et si Bruno ne l'avait pratiqué tout au long de sa jeunesse, il s'y serait laissé prendre.

— Tu sais pourtant bien que j'ai jamais touché aux marchandises qui ont du sang après elles!

— Vous êtes le seul à pouvoir réunir l'argent nécessaire.

Flatté, Eustache Fontans se rengorgea :

— Dans un sens, tu as raison... et pour rien te cacher, je suis un peu vexé de pas en avoir entendu parler... Mais si jamais j'apprenais quelque chose, tu peux compter sur moi pour te prévenir.

Ils se sourirent, aimables, tous deux sachant que l'autre mentait et savait qu'il le savait.

— Tu vas pas partir sans en boire un petit?

— Non, merci, Fontans.

— Pourquoi?

— Parce que si j'étais obligé de vous arrêter, ça me gênerait d'avoir bu votre pastis.

Ils rirent comme à une bonne plaisanterie.

– Bon... Eh bien! je vous quitte.
– J'aurais voulu pouvoir t'aider davantage... mais, malheureusement...
– J'en suis persuadé... Pendant que j'y pense... cet Italien qui flottait dans le Vieux-Port... il n'est sûrement pas venu de Gênes à la nage, hé?
– Ça m'étonnerait, parce qu'il y a quand même un bout de chemin...
– A votre idée, Fontans... de quelle façon est-il arrivé chez nous?
– Qui peut le dire?... Le train, l'avion, la voiture...
– Il est peut-être venu par « Le Mistral »? Fontans, faudrait quand même pas me prendre pour plus bête que je ne suis!... On ne court pas le risque de se présenter à la douane quand on a un million de bijoux volés sur soi.
– Tu as raison!... Je n'y avais pas pensé...
– C'est pas Dieu possible, ce que vous pouvez être menteur, Fontans!

Le regard de Dominique se fit douloureux :
– Comme tu me parles, petit! Tu as donc oublié que je te faisais sauter sur mes genoux? Ton Italien, entre nous, je m'en fous... et tu peux pas deviner à quel point je m'en fous! Note que je dis pas que j'aurais pas aimé conclure cette affaire de bijoux... (Rêveur, il ajouta plein de regret :) Quelle belle fin de carrière... Ce qui m'ennuie, vois-tu, petit, c'est que ce sont sûrement des pauvres types, des tueurs, quoi! qui ont piqué cette marchandise de choix et qu'ils vont la saloper... C'est triste!... Quant à ton Rital, s'il n'a pas rappliqué par des moyens légaux, c'est qu'il a été chargé en contrebande et, dans ce cas, tu devines qui peut te renseigner, hé?

Revenant de Saint-Giniez, Bruno repensait à sa visite. Fontans était, sans discussion possible, un maître fourbe et pourtant le jeune homme inclinait à croire à son innocence. Jamais Fontans n'avait touché à ce qui provenait d'un crime et le cadavre de l'Italien lui interdisait de se mêler à l'histoire. Sans doute se montrerait-il moins pointilleux en ce qui concernait l'affaire de la bijouterie de la rue Paradis sauf, toutefois, si le vigile blessé devait mourir. C'est à cette prudence toujours strictement observée que Fontans devait de pouvoir envisager une retraite à l'air libre. Pourquoi s'en serait-il départi brusquement?

Il importait de trouver celui qui avait transporté Lanciano de Gênes à Marseille. Peut-être l'Italien s'était-il confié à son passeur ou plus simplement lui avait-il posé des questions qui orienteraient les recherches quant au genre de voyou que le Gênois espérait rencontrer.

Fontans avait très nettement laissé entendre à Bruno que seul Hadol – s'il le voulait – pourrait le renseigner et cela gênait considérablement le policer, à cause de Pimprenette, bien sûr... Pour sa première visite chez Dieudonné, il aurait préféré parler de sa tendresse pour sa Pimprenette au lieu de questionner, d'interroger... Sans compter que la petite pouvait prendre la chose très mal. Lorsque les filles sont amoureuses, elles ont tendance à se persuader que le monde peut s'arrêter de tourner.

La joute oratoire déclenchée chez les Hadol par l'aveu de Pimprenette quant à son intention d'épouser Bruno Maspie dura longtemps et passa par toutes les phases dramatiques imaginables. D'abord, Perrine se perdit dans une véritable tornade de cris, d'imprécations, de menaces et de supplications. Devant Dieudonné effaré, Pimprenette tint tête à sa mère et cette dernière faillit la frapper. Mais la petite, défendant son amour, trouva en elle le courage nécessaire à une révolte qui impressionnait l'auteur de ses jours. Alors on passa à la phase larmoyante et les deux femmes s'enlacèrent, s'embrassèrent, se pleurèrent dessus en se

– Et pourquoi je le saurais?
– Parce qu'il s'est glissé chez nous en contrebande.
– Et dès qu'on cause de contrebande à Marseille, on pense à Dieudonné Hadol, hé?
– Tout juste!
– Eh bé! mon petit, je vais te confier une bonne chose : c'est possible que ton Rital se soit amené sur un de mes bateaux, mais tu penses bien que ceux qui ont fait ça s'en sont pas vantés! C'est possible que des gars aient voulu gagner de l'argent en transportant le Génois en douce... Ce sont des choses qu'on peut pas empêcher, mais comme ils savent que si je suis au courant je les fous à la porte, je perdrais mon temps à essayer d'apprendre la vérité!
– Essayez tout de même, Dieudonné. Vous me rendriez un grand service, parce que si le Génois avait parlé de Saliceto à un de vos hommes, on pourrait boucler le Corse et ça serait un bon débarras pour tout le monde. Est-ce vrai?
– Evidemment...

Pendant que Bruno reprenait mélancoliquement le chemin du bureau du commissaire Murato, Perrine essayait de raisonner sa fille, allongée à plat ventre sur son lit et pleurant toutes les larmes de son corps.
– Allez! vaï! Pimprenette, te laisse pas aller, ce garçon, il en vaut pas la peine!
– Je veux mourir!
– Je te le défends!
– Ça m'est égal! Je me tuerai!
– Si tu te tues, je te flanque une raclée que tu pourras plus marcher d'un an!
– Alors, je me marie Hippolyte!

A peine Bruno fut-il arrivé au bureau que Picherande l'empoigna par le bras.
– Amène-toi, petit, on va sauter Bastelica!

Ils s'engouffrèrent dans une voiture.
- Il y a du nouveau?
- Le vigile a repris connaissance... Il est moins atteint qu'on ne l'avait cru... Ces vieux, ils ont de la ressource.
- Tu sais où il se cache, Bastelica?
- Ratières ne le quitte pas d'une semelle. Il vient de me téléphoner qu'il est en train de jouer aux cartes à *La Rascasse volante.*

Les policiers entrèrent si rapidement dans le bistrot que personne ne put prévenir Antoine, fort occupé à une partie de poker. A la vue des inspecteurs, il blêmit. Picherande ne lui laissa pas le temps de se remettre.
- Allez, Bastelica, c'est fini pour toi, on t'emmène.

Le tueur se dressa lentement.
- Pourquoi?
- On t'expliquera ça à l'hôpital... Manque de pot, mon garçon, ta victime s'en est sortie...

Antoine voulut crâner et, s'adressant à ses partenaires...
- Je laisse mon fric, on reprendra la partie tout à l'heure.

Picherande ironisa :
- Si jamais vous devez reprendre cette partie, vous serez tous si vieux que vous ne vous reconnaîtrez pas! Alors, ramasse ton fric, c'est préférable pour toi, Antoine. Tu en auras besoin en prison.
- J'y suis pas encore!
- Rassure-toi, ça ne tardera pas!

A l'hôpital, on introduisit Bastelica avec trois policiers dans la chambre du blessé qui, tout de suite, désigna le Corse du doigt.
- C'est lui, le salaud! Il m'a demandé du feu! Ah! la vache! A la lueur de l'allumette, je l'ai bien vu! Même qu'il doit avoir une bague avec une pierre au petit

Pendant ce temps, à la morgue, nul n'ayant songé à réclamer la dépouille de Tomaso Lanciano, les croque-morts flanquaient dans un cercueil de bois blanc, avant de l'emmener à la fosse commune, le corps du petit Italien qui, dépouillé de son trésor mal acquis, n'intéressait plus personne.

n'était pas la bonne méthode pour essayer de posséder Saliceto.

Le policier sentit le raidissement soudain des consommateurs voisins de sa table, lorsqu'il eut prononcé le nom du caïd. D'abord un peu étonné, Ratières, point sot, comprit vite que l'indiscrétion de son aîné était voulue et il entra aussitôt dans le jeu.

— Mon vieux, à mon idée, ce n'est pas encore cette fois qu'on l'aura, Toni!

— Pas sûr...

— Sans blague? Tu as une idée?

— Mieux que ça...

Il baissa légèrement la voix, mais dans le silence attentif régnant autour des policiers, Picherande ne doutait pas qu'il serait entendu.

— Je suis allé chez Maspie-le-Grand...

— Et alors?

— Evidemment, il ne m'a pas dit formellement que Toni Saliceto était l'auteur du coup, mais il m'a fourni quand même quelques précisions qui vont mettre notre caïd dans une drôle de situation... Allez, à la tienne, petit. Je crois que cette fois, on le tient.

— Le patron est au courant?

— Tu parles! Je lui ai tout de suite adressé mon rapport... Ah! bonhomme, il bichait le vieux! Picherande — m'a-t-il dit — je crois que je vais pouvoir retirer le Saliceto de la circulation avant de prendre ma retraite. Ce sera ma meilleure récompense.

Bien avant que le policier n'eût achevé ses pseudo-confidences, il avait repéré du coin de l'œil des clients abandonnant discrètement leur table où ils oubliaient parfois de finir leur consommation, ou bien délaissant une partie de cartes sans susciter l'indignation de leurs partenaires. Les hommes de Saliceto filaient prévenir le patron du coup fourré qu'on lui préparait. Picherande jubilait intérieurement.

III

Ce matin-là, Toni Saliceto – qui avait horreur de déjeuner au lit – descendit en manches de chemise dans l'arrière-salle du petit bistrot de la rue Henri-Barbusse où il avait accoutumé de loger quand il préparait ou exécutait un coup. Un endroit judicieusement choisi, car la police n'aurait pas eu l'idée que ce grand caïd puisse avoir ses pénates dans ce misérable établissement.

Un escalier conduisait directement de la chambre à l'arrière-salle qui lui était réservée. Tony y arriva, bâillant à se décrocher la mâchoire. Dans son pyjama de soie sang de bœuf, orné de soutache jaune d'or, les cent vingt kilos de Saliceto ne rappelaient en rien l'adolescent maigrichon qui avait quitté quelque trente années plus tôt le pavé de Bastia où il traînait depuis sa plus tendre enfance.

Déjà installés, les lieutenants de Toni – Antoine Bastelica et Louis Bacagnano – mastiquaient en silence la nourriture forte qui leur plaisait. Tout de suite, Saliceto remarqua l'air sombre de ses compagnons, air qui ne s'imposait vraiment pas après leur expédition nocturne réussie. Antoine et Louis se contentèrent d'un grognement en guise de salut. Alors, le patron prit la mouche :

– Et alors, quoi? C'est des façons, ça? Je crois pas qu'on a perdu notre temps cette nuit, il me semble? On a au moins piqué pour cent mille francs de quincaillerie dont Fontans-le-Riche nous donnera bien la moitié pour ne pas me fâcher, qu'est-ce qu'il vous faut de plus?

En guise de réponse, Bastelica demanda :
– Tu as lu le journal?
– Non. Ils parlent déjà de l'affaire?
– Non ou presque rien, quelques lignes en dernière heure. Paraîtrait que j'ai cogné un peu fort sur le veilleur de nuit et que je l'ai dessoudé.
– C'est bon ça! De cette façon, il risque pas de parler! Ça te chagrine? Peut-être que môssieu souhaitait un peu de publicité, histoire d'aller se faire couper la tronche avec tambours et trompettes.

Antoine haussa les épaules. L'ironie pesante de Toni ne parvenait pas à le dérider. Quant à Louis, il continuait à manger comme si toute cette histoire ne l'intéressait pas. Sérieux, Bastelica colla le journal sous les yeux de son patron.
– On reparle de l'affaire Lanciano.
– Le Rital qui flottait dans le Vieux-Port? Qu'est-ce que tu veux que ça me foute?
– On essaie de nous la mettre sur le dos.

Saliceto bondit :
– Ecoute... (Et Antoine lut à haute voix :) « Du nouveau dans l'affaire Lanciano. L'inspecteur Picherande nous a confié qu'il avait eu un entretien sérieux avec des gens qui savent à peu près tout de ce qui se passe dans la pègre (et l'on comprendra que l'inspecteur n'ait pas voulu nous donner de références) et qui ont fini par reconnaître que l'auteur du meurtre de l'Italien – dépouillé, nous le rappelons à nos lecteurs, de près d'un million de bijoux volés à Gênes après un double assassinat – devait être recherché dans l'entourage d'un caïd corse que la police n'a pas encore eu l'occasion de retirer définitivement de la circulation et dont l'apparente impunité exaspère les honnêtes gens. Nous souhaitons – et nous sommes sûrs d'interpréter l'opinion unanime de nos concitoyens – que ce dange-

Saliceto gifla Maspie à toute volée. Eloi encaissa sans broncher, se contentant de remarquer :

— T'aurais pas dû, Toni... t'aurais pas dû... tu m'as cherché... tu m'as trouvé, Toni... et t'en auras chagrin, Corsico.

— Tais-toi, tu me flanques la trouille! Tu voudrais pas que je meure d'une maladie de cœur?

Les trois truands rirent paisiblement et, avant de sortir, Bastelica jugea intelligent d'embrasser Célestine pour lui montrer qu'il était plein d'égards pour le beau sexe. En réponse, la femme d'Eloi lui cracha au visage et eut droit à sa paire de gifles. Eloi voulut se jeter sur Antoine, mais le couteau de Toni, en lui entrant d'un millimètre dans le cou, lui rappela sa position de vaincu.

— Alors, on se calme?... Madame Célestine, vous avez eu tort... Antoine est d'un caractère plutôt affectueux... Allez, tchao! La prochaine fois qu'on se rencontrera, ça risque de moins bien se terminer, Maspie... le Grand... Le grand, quoi, collègue?

Ils s'esclaffèrent encore avec ostentation avant d'abandonner les lieux. Eloi, à moitié fou de honte et de rage, sentant sur lui le regard réprobateur de son père, ceux apitoyés de la mémé et de Célestine, ne se leva pas tout de suite de son siège. Quand il s'y décida, il resta encore un moment silencieux, puis se tournant vers sa femme, il hurla :

— Et tout ça, c'est à cause de ton fils!

D'abord suffoquée par cette monstrueuse injustice, Célestine ne réagit pas immédiatement, puis s'écria :

— Mon fils! C'est peut-être aussi le tien, non?

Alors, avec une mauvaise foi scandaleuse, Maspie-le-Grand rétorqua :

— J'en arrive à me le demander!

Au moment de monter dans leur voiture, les trois Corses se heurtèrent à Picherande.

— On vient de rendre visite à Maspie-le-Grand?

Bastelica ricana :
- Le Grand..., il a pas mal rapetissé!
Saliceto se hâta d'ajouter :
- Une visite amicale, monsieur l'inspecteur... Tout ce qu'il y a d'amical et, tenez, monsieur l'inspecteur, je suis content de vous rencontrer...
- Ça m'étonnerait!
- Si, si... pour dissiper un malentendu... On m'a raconté que vous étiez après moi pour cette histoire de l'Italien assassiné?
- Je suis après toi pour tout, Saliceto, et je serai après toi jusqu'à ce que tu sois dans le trou, et définitivement! Peut-être ce vol d'une bijouterie, cette nuit, m'en donnera-t-il l'occasion, va-t'en savoir! Allez, hop! débarrasse le plancher, tu me dégoûtes, caïd à la gomme!

Toni ferma les yeux et serra très fort les mâchoires pour ne pas céder au vertige lui brouillant la cervelle. Antoine glissa sa main dans sa poche pour prendre son couteau. Chez lui, c'était devenu un réflexe, et il poussa un cri :
- Mon portefeuille!
En écho, monta la voix indignée de Bacagnano :
- Ma montre!
Et la stupéfaction de Toni compléta le tableau sonore :
- Mon... (Il ravala le mot d'extrême justesse pour dire de façon stupide :) ... Stylo.

Narquois, le policier demanda :
- Tu ne te trompes pas, Saliceto? Ce n'est pas ton feu que tu aurais perdu, par hasard?
- Non, non, monsieur l'inspecteur... J'ai pas de feu... jamais, c'est trop dangereux, et puis... je sais que c'est prohibé. Où vas-tu, Antoine?
- Récupérer nos affaires!
- Reste ici, imbécile! On n'a rien pris... Ton portefeuille, t'as dû le perdre. Allez, grimpe!

respect de la loi. Un coup de sonnette interrompit des effusions qui menaçaient ne devoir jamais s'arrêter.

C'était Bruno.

Après une légère hésitation, Pimprenette se jeta à son cou et Mme Hadol dut rassembler toute sa volonté pour ne point foncer sur celui qu'elle considérait déjà comme un voleur. Toutefois, au fond de son cœur, elle s'avouait que Bruno était préférable à Hippolyte. A son tour, elle s'approcha du policier que Pimprenette se décidait à laisser respirer.

— Bruno, j'aurais préféré un autre gendre que toi, mais puisque Pimprenette l'exige, que voulez-vous, mariez-vous!

Pour compléter ce discours elliptique, Perrine embrassa vigoureusement et sur les deux joues le fils d'Eloi Maspie tandis que Dieudonné lui secouait les mains en lui affirmant qu'il le considérait comme le meilleur des fils et qu'il s'efforcerait d'être le meilleur des pères. Perrine estima que son mari exagérait. Quant à Bruno, horriblement gêné, il avait l'impression de commettre une sorte d'escroquerie. Certes, il voulait Pimprenette pour femme, mais il se devait d'abord de remplir sa mission. Pimprenette, sans cesse prompte à s'alarmer, remarqua, la première, l'embarras de son bien-aimé. Déjà au bord des larmes, elle dit d'une voix mouillée :

— Tu as pas l'air content...
— Bien sûr que si, seulement...
— Seulement, quoi?
— Je suis policier.
— On le sait que t'es policier, et après?
— Je suis ici, en mission.
— En mission?
— Je dois interroger ton père...
— A cause de quoi?
— A cause du meurtre de l'Italien repêché dans le Vieux-Port.

proposant mutuellement de se sacrifier au bonheur de l'autre et mentant toutes deux en toute innocence. Puis ce fut la phase logique où, par la vertu de raisonnements soigneusement développés, Perrine tenta de convaincre sa fille qu'elle ne pouvait décemment épouser un représentant de la loi, alors qu'elle avait toujours vécu hors la loi dans une famille de hors-la-loi. Mais Pimprenette se déclara disposée à rentrer dans le droit chemin et à vivre le Code en main pour ne point risquer de nouvelles erreurs. Le combat se termina sur la phase prophétique où Mme Hadol assura sa fille qu'elle se réservait des jours atroces, qu'elle ne la verrait plus jamais et qu'elle-même ne saurait s'attacher à des enfants issus d'un policier et d'une ingrate et qu'elle mourrait seule, abandonnée de tous, en récompense de toute une existence consacrée au travail. Dieudonné ayant timidement fait remarquer qu'il serait là, lui, Perrine lui rétorqua qu'elle le remerciait, mais qu'il ne comptait pas et qu'elle lui serait obligée de ne pas l'interrompre par des réflexions stupides. Cet incident liquidé, Perrine reprit la sombre description de son avenir. Elle se peignit vieillissant derrière sa fenêtre, regardant avec des yeux brillant de convoitise les petits-enfants des autres, contemplant à longueur de journée les photographies de sa Pimprenette bébé, enfant, adolescente, jeune fille, toute nue sur un coussin, encore toute nue mais au Roucas-Blanc, faisant une timide connaissance avec la mer, portant sa première robe, en costume de communiante, au mariage d'Estelle Maspie... Cette évocation impressionna si vivement Mme Hadol qu'elle en perdit le sens et qu'il fallut l'obliger à boire un grand verre de rhum pour la convaincre de revenir sur la terre. Elle s'y décida avec répugnance.

Cependant, le choc avait été si grand qu'il fut suivi d'une réconciliation générale, Perrine jurant qu'elle ne voulait pas s'opposer au bonheur de sa fille et qu'elle se résignerait à aimer des petits-enfants élevés dans le

Éperdu, Dieudonné tremblant, pâle d'épouvante, bafouillait :

— Moi... moi... tu oses... toi, Bru... Bruno !... Oh ! coquin de Diou !... en... entendre une cho... une chose pareille !

Il s'aperçut à ce moment-là qu'il tenait toujours la main de Bruno dans la sienne. Il la lâcha brusquement comme si elle le brûlait tout en commentant avec tristesse :

— Dire que je m'imaginais que tu t'amenais en ami, en fils...

Fixant Bruno avec des yeux horrifiés, Pimprenette reculait lentement vers l'escalier menant à l'étage supérieur tout en répétant :

— Tu m'as menti... toi, Bruno... tu m'as menti...

— Mais non, je te jure que je t'aime... et que je n'aime que toi et que tu seras ma femme... Ce n'est quand même pas de ma faute si tes parents exercent un métier... tellement différent du mien !

— Tu m'as menti !... Pour ton sale métier !... Tu me dégoûtes !... Tu m'as menti !

Perrine estima qu'il était grand temps qu'elle intervînt dans le débat. Elle s'y jeta avec sa véhémence habituelle, apostrophant sa fille :

— Tu vois ? D'un peu plus, tu te mariais le bourreau de ta famille ! Ah ! il est bien, ton amoureux ! On lui accorde ta main – qu'il a même pas demandée, ce grossier – et tout ce qu'il trouve à répondre, c'est de traiter ton père d'assassin !

Maspie tenta de protester :

— Permettez ! Je n'ai jamais dit...

Outrée, Mme Hadol ignora son interlocuteur pour ne parler qu'à sa fille :

— Tu entends ? Maintenant, il me traite de menteuse ! (Elle revint à Bruno.) Mais, dis, qu'est-ce que tu te crois ? Tu te figures que ma fille attend après toi pour se marier ? Dieudonné, flanque-le dehors !

Cet ordre ne parut pas combler d'aise le sieur Hadol qui, timidement, conseilla :
— Ça serait mieux que tu sortes tout seul, Bruno.
— Non.
— Ah?... Perrine, il refuse!
Sans se préoccuper davantage des parents, Bruno se dirigea vers Pimprenette.
— Je t'en prie, ma Pimprenette, tu le sais bien, toi, que je t'aime?
— Non, tu m'aimes pas... tu n'aimes que ton métier... Tu es un flic, rien d'autre qu'un flic... Va-t'en! Je te déteste!
Tournant les talons, elle se jeta dans l'escalier qu'elle gravit à toute vitesse et on l'entendit s'enfermer dans sa chambre. Tragique, Perrine, apostropha Maspie :
— Et si elle se détruit, misérable? Suborneur! Bandit! Assassin!
Pris par l'ambiance, Bruno jura :
— Si elle se détruit, je me détruis aussi!
— Tu auras pas cette peine parce que je t'aurais détruit avant!
Sur ces paroles définitives, Mme Hadol monta rejoindre sa fille afin de pouvoir parer à toute initiative fâcheuse de cette dernière. Sa femme disparue, Dieudonné remarqua :
— Tu as fait du propre!
— Mais pourquoi ne comprend-elle pas que je dois exercer mon métier?
— Bonne Mère! mets-toi à sa place! Elle s'attend à ce que tu lui débites tout plein de mots gentils et au lieu de ça, tu me traites d'assassin!
— Ce n'est pas vrai! J'ai annoncé que je venais vous interroger au sujet de l'Italien assassiné!
— Mais, petit, si tu penses pas que je sois capable d'égorger mes semblables, qu'est-ce que tu espères que je te raconte?
— Comment est-il arrivé de Gênes, cet Italien?

Il y eut un silence et Fontans demanda :
— Et qu'est-ce que tu voudrais qu'on fasse?
— Déclarer la guerre au Corse et à sa bande!
— A nos âges!
— Il n'y a pas d'âge quand l'honneur est en jeu!
De nouveau un silence, puis Double-Œil risqua :
— Tu as oublié de nous dire pourquoi le Corse est venu.

Le maître de maison eut préféré ne pas s'étendre sur le sujet.
— Il m'accusait de l'avoir dénoncé à Picherande pour l'affaire du meurtre de cet Italien retrouvé dans le Vieux-Port!
— Et c'est pas vrai?

Une question pire qu'une injure...
— Quoi? Tu oses...
— Vaï! Quand on a un fils dans la police...

Fontans dut saisir Eloi à bras-le-corps pour l'empêcher de se jeter sur Double-Œil.
— Lâche-moi, Dominique! Je lui rentre ses paroles dans la gorge jusqu'à ce que je l'étouffe!
— Allons, Maspie, calme-toi! A quoi ça ressemble? Des amis de toujours, tu te rends compte?

A peine Eloi consentait-il à s'apaiser que Double-Œil se levait.
— Maspie, je compatis, mais je te parle franchement : tes histoires avec les Corses, elles me regardent pas... Chacun voit midi à sa porte, et moi j'ai rien à voir avec Saliceto et ses hommes... On s'ignore. A mon âge, je préfère continuer à les ignorer. Salut!

Il sortit dans un silence glacial. De sa chaise, Eloi annonça plein de mépris :
— S'il y en a d'autres qui pensent comme lui, ils peuvent le suivre!

Après une hésitation, Chivre, honteux, chuchota :
— Essaie de comprendre, Maspie... Le Toni, c'est un trop gros morceau pour moi et...
— Fous le camp!

Mange-Tout se faufila rapidement vers la porte. Maspie eut un rire amer :

– Des amis, ça!

Fontans essaya d'arranger les choses.

– Tu dois essayer de comprendre, Eloi. Nous sommes plus en état de lutter contre Saliceto. Tout ce qu'on peut espérer, c'est qu'il nous fiche la paix... Mon petit négoce il serait fichu si je me brouillais avec lui...

– Adieu, Fontans.

– Mais...

– Adieu, Fontans!

– Bon... Si tu le prends comme ça, j'insiste pas! Tu viens, Dolo?

Passe-Devant eut une hésitation, jeta un regard de chien battu à Maspie, mais s'en fut avec Fontans-le-Riche qui lui achetait, par amitié, tout ce qu'il pouvait se procurer d'une manière ou d'une autre. Face aux Hadol, Maspie-le-Grand écarta les bras dans un geste d'impuissance.

– On se figure qu'on est aidé... qu'en cas de coup dur, on sera pas seul... et voilà!... Des lâches!... Tous des lâches!

Frémissante, Perrine se dressa :

– Nous restons avec vous, Dieudonné et moi!

Son mari ajouta :

– Surtout que l'Italien, ce coup de couteau, c'est bien dans la manière de Saliceto, ou de Bastelica, ou de Bacagnano!

Maspie-le-Grand prit dans ses mains celles de Dieudonné et de Perrine.

– Merci... Je me battrai seul. J'irai trouver le Corse pas plus tard que demain et on s'expliquera entre hommes! Si je reviens pas, je compte sur vous pour ne pas les abandonner, ceux-là...

La scène était si émouvante qu'Eloi fondit en larmes. Célestine l'imita, puis la mémé, puis Dieudonné.

Et, bientôt, tous pleurèrent, sauf le pépé et Perrine qui étaient d'une autre trempe.

Les Hadol partis, Eloi revint lentement au milieu du salon, assez abattu. Il avait cru jouer le retour de l'île d'Elbe, et il venait de subir Waterloo. Inquiète, Célestine demanda :

– Eloi... c'est vrai que tu vas aller trouver le Corse?

Il la contempla, incrédule.

– Tu voudrais m'envoyer à la mort? J'aurais jamais cru ça de toi! Avoue tout de suite que le temps te dure d'être veuve!

– Mais, c'est toi, tout à l'heure, qui...

– Une manière de causer, et puis j'en ai assez de tes questions! En quoi ça te regarde ce que je fais ou ce que je fais pas? D'ailleurs, l'honneur, c'est pas aujourd'hui qu'on l'a perdu! C'est quand ton fils est entré dans la police! Oui, c'est ce jour-là que ç'a été la honte, la vraie honte de la famille!

Célestine dut préparer à son mari une tisane de tilleul pour le calmer.

Dans le bureau de Picherande, l'inspecteur, assisté de Bruno et de Ratières, s'efforçait de contraindre Bastelica à reconnaître qu'il avait assassiné Tomaso Lanciano pour le voler. Mais Antoine s'affirmait un dur de la bonne race et, aux objurgations des policiers, il opposait des dénégations entêtées, proférées calmement, ce qui ne manquait pas d'impressionner.

– Pour la bijouterie, d'accord... J'aurais dû descendre le type... J'ai eu un moment de faiblesse, quoi! et ça risque de me coûter cher... La vertu n'est jamais récompensée, inspecteur... Et puis, une gaffe... C'était idiot de présenter mon visage à la flamme de l'allumette... Un débutant se serait mieux débrouillé... Dans notre métier, ça pardonne pas... la preuve! J'ai plus qu'à miser sur les copains pour pas m'oublier en attendant que j'essaie de faire la belle...

— Ça, mon petit vieux, ce n'est pas pour demain!
— Qui sait? Quant à ce Rital que vous essayez de me coller sur les reins, zéro! Jamais vu, jamais entendu parler!
— Tu te fous de moi?
— Non. J'ai connu l'existence du type que lorsqu'il était mort, si on peut dire... Allons, inspecteur, si j'avais buté un gars ayant un million de pierres sur lui, vous vous imaginez que je serais allé perdre mon temps à piller une bijouterie? Que je me serais mouillé pour quelques sacs alors que j'aurais été plein aux as? Faudrait quand même pas me prendre pour une cloche! Si vous voulez mon avis, le coup du Rital, c'est un coup de hasard... Pas un professionnel, et c'est pour ça qu'on n'en a pas entendu parler!

Picherande était aux trois quarts convaincu, car les raisons de Bastelica se tenaient. Après une belle affaire, un truand ne tente pas le sort immédiatement au risque de tout perdre et pour un bénéfice, en comparaison, assez mince.

— Admettons... Mais pour la bijouterie, tu n'étais pas seul?
— Si.
— Tu mens!
— Prouvez-le!
— Ça t'est égal de prendre le tout sur toi?
— C'est la loi.
— Bon! Si ça te plaît de jouer les martyrs...
Antoine se redressa fièrement.
— Pas les martyrs, les hommes, inspecteur!

Bruno et Ratières, après cette journée bien remplie, partirent se promener dans Marseille, l'œil vif et l'oreille aux aguets. Ils étaient l'un et l'autre encore jeunes et aimaient assez leur métier pour ne jamais cesser de l'exercer même quand ils auraient pu s'en dispenser. Ils redescendaient la Canebière vers l'heure de la fermeture des magasins quand, soudain, Maspie s'entendit appeler :

— Bruno !

Félicie se hâtait vers lui. Il la présenta à son collègue qui, tout de suite, fut favorablement impressionné par la gentillesse de la jeune fille et son air « brave ». Elle adressa un joli sourire au camarade de son frère, mais on devinait que quelque chose la préoccupait fort.

— Bruno, il faut que je te parle, à propos de Pimprenette !

Ratières voulut s'écarter discrètement, mais Maspie le retint :

— Tu peux parler devant Jérôme, il est au courant...

— Bruno... tu sais qu'elle se marie Hippolyte ?

— Ce n'est pas vrai !

— Si... Je l'ai rencontrée, Pimprenette, pas plus tard que tout à l'heure. Elle est venue se faire coiffer chez nous. Pour se ficher de moi, bien sûr... et elle a annoncé à tout le monde qu'elle se mariait... En payant à la caisse, elle m'a appelée pour me confier : « Ton frère, Félicie, c'est un affreux... il m'a raconté des histoires et je l'ai cru... mais c'est fini... Si tu le rencontres, dis-y qu'il vienne plus m'embêter parce que, maintenant, c'est décidé, j'épouse Hippolyte... Les fiançailles ont lieu demain en huit, chez nous... Si ça te plaît, je t'invite... » Alors, j'y ai répondu : « Non, j'irai pas, Pimprenette... parce que mon frère il aura déjà trop de chagrin et je veux pas qu'il se figure que moi aussi je le laisse tomber ! Seulement, tu fais une drôle de bêtise en épousant ce bon à rien d'Hippolyte ! » Elle m'a répliqué que ça la regardait et que ça lui plaisait pas du tout que je parle de son futur mari sur ce ton... Enfin, bref, on s'est fâché... Tu as beaucoup de peine, Bruno ?

Oui, il avait beaucoup de peine, Bruno, parce que Pimprenette, il l'aimait depuis toujours et il l'aimerait sans doute toujours. Rien qu'à regarder sa figure,

Félicie et Ratières devinaient ce qui se passait en lui. Puis, Bruno secoua les épaules comme pour en faire tomber quelque chose qui y eût été accroché.

– Bon... Eh bien, on tourne la page!... De la peine, j'en ai, oui... mais je pense que ça passera avec le temps... Maintenant, ma Félicie, je préfère rester seul... Jérôme te fera un bout de conduite...

Félicie embrassa son aîné pour bien lui montrer qu'elle le comprenait et qu'elle aurait voulu l'aider. Ensuite, elle s'en fut en compagnie de l'inspecteur Ratières qui lui offrit de prendre l'apéritif, ce qu'elle accepta. Ainsi, au moment où mourait un amour, un autre prenait naissance. Tout continuait.

doigt de la main gauche! Je l'ai repéré quand il a abrité la flamme!

Picherande prit la main gauche d'Antoine, la leva et montra la bague.

— Alors, tu te mets à table?

Résigné, Bastelica haussa les épaules :

— Bon... C'est moi qui ai assommé ce fada... et puis après?

— Après... attaque à main armée... pillage d'une bijouterie. Tu auras une jolie note à payer... à moins que tu nous dises qui était avec toi.

— Je mange pas de ce pain-là!

— Tant pis pour toi, car j'ai dans l'idée que tes complices ne t'aideront guère à boulotter celui qu'on te servira aux Baumettes!

Au crépuscule de ce même jour, Chivre, Dolo, Fontans, Etouvant et les Hadol, convoqués par Maspie-le-Grand, se rendirent rue Longue-des-Capucins. Surpris, ils devinrent inquiets, en pénétrant dans le salon où le pépé et la mémé, dans leurs habits de cérémonie, Mme Célestine tout en noir, demeuraient figés sur leurs sièges. Eloi, lui-même, montrait une mine sinistre. Le plus émotif – Hadol – s'enquit à mi-voix :

— Oh! Maspie... il est arrivé un malheur?

— Un grand malheur, Dieudonné!

Perrine qui ne pouvait tenir sa langue plus de cinq minutes, questionna avec son gros sans-gêne :

— Y a un mort?

Maspie-le-Grand se redressa :

— Parfaitement, Perrine, il y a un mort! Et ce mort, c'est l'honneur des Maspie!

Ils ne comprenaient rien, mais le ton de leur hôte leur laissait pressentir une tragédie et, au fond, ce n'était pas pour leur déplaire. Quand ils furent tous installés, Célestine demanda timidement :

— Je sers le pastis?

Son mari la foudroya du regard.

– Célestine, je me permets de te dire que tu manques de dignité! En pareille circonstance, on ne boit pas.

S'il y en eut que cette affirmation n'enchanta guère, ils s'appliquèrent à ne le point montrer. Solennel, Maspie-le-Grand s'avança :

– Je vous ai priés de venir parce que vous êtes mes amis, mes fidèles et que tout ce qui me touche vous atteint.

Chivre ne put retenir une larme.

– Voilà!... je suis un peu comme Napoléon entouré de ses derniers grognards. Il s'agit de savoir si j'abdique ou si je reprends le combat... C'est donc votre opinion que je sollicite!

L'emploi d'un vocabulaire recherché témoignait assez de l'importance du moment et aussi qu'Eloi avait préparé son speech. Plus racorni que les autres, Double-Œil se manifesta :

– Et si tu nous racontais ce qui se passe?

On jugea Double-Œil quelque peu mal élevé et ce, d'autant plus qu'il diminuait le plaisir qu'on éprouvait à vivre ces minutes dramatiques.

– Voilà...Figurez-vous que ce matin...

Et Maspie-le-Grand conta l'intrusion des Corses. Il se fit pathétique pour exprimer sa surprise à la vue du spectacle des siens menacés par les truands – il passa sous silence sa chute –, il se montra lyrique pour exposer par le menu l'injure subie, il en rajouta un peu quand il arriva aux menaces du Corse, véhément pour l'affaire de la gifle, pitoyable lorsqu'il leur apprit l'affront subi par Célestine.

Perrine Hadol ne put y tenir et cria :

– Moi, je l'aurais mangé, ce Bastelica!

Eloi, ne tenant aucun compte de l'interruption, conclut :

– Maintenant, vous savez tout et je vous demande : qu'est-ce qu'on fait?

perpétré par un inconnu sur un inconnu pour un motif inconnu! Est-ce que vous vous imaginez que c'est pour en arriver à des conclusions de cette sorte que l'Etat nous paie?

– Nous agissons de notre mieux, patron...

– Il faut croire que votre mieux, Picherande, n'est pas suffisant!

– Passez l'affaire à d'autres?

– Vous en avez de bonnes! Et à qui? Maspie, depuis qu'il a appris les fiançailles de sa bien-aimée avec Dolo, ressemble à Hamlet... Il erre sans but et n'a plus de goût à rien! Je me promets de le dresser, celui-là, et de lui apprendre que ses histoires sentimentales n'intéressent pas notre service et qu'il veuille bien ne pas les laisser empiéter sur les pseudo activités qu'il est censé nous consacrer! Quant à Ratières, c'est le contraire! Je l'entends rire, siffler et chanter du matin au soir! Il m'exaspère Qu'est-ce qu'il a cet imbécile?

– Il est amoureux, patron.

– Mais, bon Dieu de bon Dieu, ça va bientôt être terminé, ces ritournelles? Enfin, Picherande, c'est un bureau de mariage ou un service criminel que je dirige? Un vieux bougre qui n'en fiche plus une secousse, un crétin qui, sous prétexte que sa petite amie lui en préfère un autre, accepterait sans doute avec joie la perspective d'une guerre atomique, et un idiot qui s'imagine être le premier à avoir découvert l'amour! Pendant ce temps, les truands de tout poil se la coulent douce et doivent se foutre de nous en jouant à la pétanque!

– On a quand même coincé Bastelica!

– Un cheval de retour! En tout cas, persuadez-vous que le propriétaire de la bijouterie et sa compagnie d'assurances se fichent du nommé Bastelica et qu'ils préféreraient récupérer les bijoux!

– Dans ces conditions, monsieur le divisionnaire, il serait préférable que je demande ma retraite anticipée?

IV

Le commissaire Murato ne décolérait plus. Il ne cessait de recevoir de ses chefs des demandes de renseignements sur la progression de son enquête et il se voyait contraint d'avouer que si le principal coupable du vol de la bijouterie était sous les verrous, le reste de la bande courait encore, le produit du larcin n'ayant pas été retrouvé. Quant au meurtre de l'Italien, on ne parvenait pas à dénicher le moindre indice susceptible d'engager les policiers sur une piste. Selon le tempérament de ses interlocuteurs, Murato entendait des reproches amers visant l'incapacité de certains services et la légèreté avec laquelle on accordait parfois de trop flatteuses promotions, ou bien des réflexions polies ne mettant pas en doute le zèle du commissaire et de ses adjoints, mais affirmant qu'on ne saurait exiger des gens plus qu'ils n'étaient capables de donner. On concluait qu'on patienterait encore un peu avant d'admettre officiellement une incapacité flagrante qu'il ne serait plus possible de dissimuler à l'opinion. Naturellement, Murato faisait retomber sur ses collaborateurs la hargne dont il ne pouvait se soulager devant ses supérieurs. L'inspecteur Picherande, le plus ancien, encaissait le plus gros.

– Enfin, c'est incroyable, Picherande! Voilà près de quinze jours que cet Italien a été repêché et si Gênes ne nous avait pas appris de qui il s'agissait, nous nous trouverions encore en présence d'un inconnu... Crime

— Vu, inspecteur.
— Parfait! Vé, regarde l'autre tordu qui s'amène!
Le tordu en question était Jérôme Ratières et son beau sourire. Picherande l'apostropha :
— Alors, la vie est toujours belle?
— Toujours!
— Elle t'aime?
Jérôme jeta un regard gêné du côté de Bruno.
— Je... je le crois. En tout cas, moi je l'aime, vous savez, et c'est du solide!
— Tant mieux. A quand les noces?
— Le plus tôt possible... à condition qu'elle soit d'accord, naturellement.
— Naturellement... Mais dis donc, bougre d'abruti, est-ce que tu te figures que je suis là pour étudier la manière dont tu roucoules? Oublierais-tu que nous avons un assassin à dénicher et quelques millions de bijoux à restituer à leurs propriétaires? A moins que tu n'estimes que le bonheur de M. Ratières Jérôme est plus important que tout le reste?
— Mais...
— Tais-toi! Tu m'écœures! Et à vous contempler tous les deux, je suis bougrement content d'être resté célibataire!

Plantant là les deux amis, Picherande s'en fut à grandes enjambées comme si une tâche urgente l'appelait. En vérité, il gagnait le petit café où il avait accoutumé de boire un pastis qui, ce jour-là, après l'algarade du divisionnaire, lui semblait plus que jamais nécessaire au rétablissement de son humeur.

Picherande parti, Ratières remarqua :
— Il n'a pas l'air content...
— Il s'est fait attraper par le patron.
— Toujours les mêmes histoires?
— Toujours... Il faut convenir qu'on n'avance pas vite...
— Entre nous, vieux, j'ai pas tellement la tête à ça, en ce moment.

– Félicie?
– Oui.. Tu m'en veux?
– Pourquoi? Si tu peux la sortir de la rue Longue-des-Capucins, tu me feras plaisir.
– C'est vrai? Alors, tu serais d'accord?
– Attention, Jérôme! seulement pour le bon motif!
– Qu'est-ce que tu crois? Et pour qui me prends-tu?

Si l'optimisme ne régnait pas chez le commissaire divisionnaire Murato, il ne s'imposait pas davantage dans l'arrière-salle du bistrot où Toni Saliceto et Louis Bacagnano évoquaient leur copain Bastelica tombé aux mains des flics. De temps à autre, Louis suspendait son éternelle mastication pour demander :
– Combien tu penses qu'il va en prendre, Antoine?
– Qu'est-ce que j'en sais! Sûrement gros, avec le casier judiciaire qu'il a...
Avant de se remettre à manger, Bacagnano soupira :
– Un bon qui s'en va... T'as pas eu une idée fameuse avec cette bijouterie.
Toni Saliceto était un violent à qui le sang montait à la tête.
– Allez! maccarella! dis-le donc que c'est ma faute!
– C'est toi qui as préparé le coup, non?
– Et alors?
– Et alors, il était mal préparé...
– Comment je pouvais deviner que cet enfant de p... de vigile changerait brusquement l'heure de sa tournée?
– Bien sûr... bien sûr...
– Tu réponds bien sûr, mais le cœur n'y est pas!
– Non, le cœur n'y est pas.

Toni fit le tour de la table pour se placer en face de son compagnon.

— Ecoute, Bacagnano, tes manières, elles me plaisent pas!

L'autre regarda Saliceto par-dessus son assiette.

— Si elles te plaisent pas, t'as qu'à aller ailleurs!

Jamais encore depuis plus de dix ans qu'il régnait, on n'avait parlé sur ce ton à Saliceto. La colère, mais une colère de tueur, commença à lui mettre un voile rouge sur le regard. Appuyant les mains sur la table, il se pencha vers son lieutenant :

— Tu vas te faire corriger, paysan!

En guise de réponse, Bacagnano lui cracha à la figure et Toni lui assena une maîtresse gifle. Aussitôt, Louis fut debout.

— Maintenant, Toni, faut que l'un de nous deux y passe...

Un couteau au poing, Bacagnano se mit en marche lentement vers son ennemi qui reculait sans le perdre des yeux. Saliceto ricana :

— C'est avec ce couteau que tu as descendu le Rital?

Bacagnano, d'intelligence courte, se laissait prendre à tous les pièges.

— Jamais vu le Rital!

— Menteur! tu as fait le coup en douce et c'est parce que tu nous as trahis que Bastelica est tombé! Si j'avais su l'histoire du Rital, je n'aurais jamais tenté le coup de la bijouterie!

— Ordure!

Saliceto, désarmé, s'efforçait de détourner l'attention de son adversaire. Imperceptiblement, il ralentissait, donnant à Louis l'occasion de s'approcher.

— Par ta faute, Antoine vieillira en prison.

Bacagnano aimait Bastelica. Et, emporté par la colère, il se jeta sur Saliceto qui se tenait sur ses gardes et qui, d'un geste vif, lui lança une chaise dans les jambes. Louis tomba. Empoignant la bouteille de vin dont se servait Bacagnano, il la cassa bien proprement sur la nuque de son agresseur qui perdit aussitôt toute velléité combative. Rasséréné, Toni contempla le vaincu étalé à ses pieds, puis recommença à se gratter tout en murmurant :

— Bougre de vieille saloperie, si c'est pas toi qui as piqué le Rital, qui ça peut être, bon Dieu?

Ayant bu son pastis, l'inspecteur Picherande se sentait mieux et respirait largement le vent de la mer. Le policier aimait sa ville et trouvait dans cette tendresse même l'optimisme nécessaire à la poursuite de sa tâche. Il aurait Toni, il en était sûr. Pour le meurtre de l'Italien, ce serait plus difficile, mais il ne désespérait pas. D'ailleurs, un trop joli soleil brillait sur Marseille pour qu'on pût désespérer de quoi que ce fût.

Picherande quittait le café lorsqu'il aperçut Pimprenette, mais une Pimprenette qui ne semblait plus danser en marchant, une Pimprenette qui ne respirait plus la joie de vivre et pour tout dire, une Pimprenette qui paraissait triste. Il la rejoignit.

— Comment se porte notre Pimprenette?

La petite sursauta, se retourna et adressa un bien pauvre sourire au policier.

— Té! monsieur Picherande...

— Tu te promènes?

— Histoire de me changer les idées.

— Dis donc, Pimprenette, rien qu'à te regarder, j'ai l'impression qu'elles ne sont pas très gaies, tes idées, et que tu as bien raison de vouloir en changer!

Elle se défendit mollement.

— Mais non...

— Mais si! Tu n'es pas heureuse, Pimprenette!

— Si, que je suis heureuse! La preuve, c'est que demain on célèbre mes fiançailles!

L'inspecteur joua le naïf.

— Tu te fiances demain? Ce n'est pas possible?

Elle regimba :
— Et pourquoi ce ne serait pas possible, Bonne Mère? Vous me jugez pas assez jolie pour plaire à un garçon?
— C'est pas ça et tu le sais bien, Pimprenette, puisque pour moi tu es la plus jolie nistonne qu'on peut rencontrer à Marseille. Seulement j'ai de la peine...
— De la peine?
Picherande évita de la regarder pour souligner :
— Vaï! Mets-toi à ma place! Bruno, je l'aime comme mon jeune frère, et voilà que cet ingrat, il se fiance sans même me prévenir et... sans m'inviter. Tu diras ce que tu voudras, c'est pénible à apprendre!
Au lieu de répondre, la jeune fille se mit à pleurer. L'inspecteur en marqua une hypocrite surprise :
— Là! Là! Qu'est-ce qui t'arrive?
— C'est... c'est pas... Bru... Bruno que... que j'épouse...
— Oh! coquin de pas Diou! Qu'est-ce que tu me racontes?
— Bruno, c'est... c'est un monstre... Il m'aime pas! Je me marie avec Hippolyte!
— Hippolyte Dolo?
— Oui!
— Je ne te crois pas!
— Vous me croyez pas?
— Non, je te crois pas!
Rageuse, elle lui plaça sa main sous le nez.
— Et ça, qu'est-ce que c'est à votre avis, hé?
Picherande examina les doigts de la petite.
— Une jolie bague...
— C'est Hippolyte qui me l'a donnée pour nos fiançailles!
— C'est pas vrai?
— Je vous le jure!
— Il a eu une bonne idée, Hippolyte... Tu ne m'invites pas à la cérémonie, Pimprenette?

Elle parut gênée.

— Le repas a lieu chez nous... demain à midi... Je pense pas que les autres aimeraient vous y voir...

— Moi, j'en suis sûr... Dommage... Enfin, je te souhaite tout le bonheur possible avec celui que tu aimes, Pimprenette...

— Hippolyte sera...

— Ce n'est pas à Hippolyte que je pense...

Et il la laissa complètement désemparée.

Bruno qui n'ignorait rien des très proches fiançailles de Pimprenette, se sentait affreusement malheureux et son malheur lui semblait d'autant plus grand, d'autant plus lourd qu'il n'avait personne pour l'aider à le porter. Alors, naturellement, sans peut-être même en prendre conscience, il s'en fut rôder à l'orée de la rue Longue-des-Capucins sans oser, pour autant, s'y risquer. Le souvenir du nid l'attirait, mais il ne pouvait oublier que, pour les Maspie, il était la honte de la famille.

Soudain, Bruno, le cœur battant, distingua dans les clientes entourant la voiture d'une partisane[1], sa mère. Il s'approcha, fort ému et, tout doucement, chuchota :

— Maman...

A la vue de son fils, Célestine lâcha son cabas et joignit les mains.

— Bonne Mère!... Mon Bruno!

Sans se soucier des gens les entourant, elle prit son garçon dans les bras et le mangea littéralement de baisers. De crainte qu'un curieux ne se précipitât chez Eloi pour l'avertir, le policier prit sa mère par la main et l'entraîna vers un petit café où ils s'installèrent, côte à côte, comme des amoureux. Célestine en était toute rose de plaisir.

— Et le père?

---

1. Marchande de quatre-saisons.

– Ça y est! Vous aussi, vous déraillez? Alors je ne peux même plus me soulager les nerfs en vous engueulant sans qu'aussitôt vous preniez la mouche? En vieillissant, votre caractère ne s'améliore pas, Picherande! C'est un ami qui vous le dit! Vous n'ignorez pas que vous avez ma confiance, et vous en abusez!

– Moi?

– Parfaitement! Vous ne tolérez aucune remarque, fût-elle bénigne! Qui vous a prié de partir? Ou alors, c'est que vous avez l'intention de déserter? Dans ce cas, dites-le franchement!

– Je n'ai jamais...

– Bon! j'en prends note! Picherande, je vous le demande en ami de quinze ans : trouvez-moi le meurtrier de Lanciano.

– Je m'y emploie de mon mieux, patron!

– Dépassez-vous, Picherande! C'est la Justice qui vous en prie, par ma voix! Et secouez-moi les deux « santons » que votre mauvaise étoile vous a collés pour adjoints.

L'inspecteur Picherande n'avait nul besoin d'être éperonné. Il enrageait positivement. Partout, il se heurtait à des murs de silence. Pour une fois, le milieu se taisait et les meilleurs indicateurs ne trouvaient pas à glaner le moindre renseignement en dépit de toutes les menaces, malgré toutes les promesses. Peu à peu, le policier en arrivait à faire sienne l'hypothèse de Bastelica : le meurtre de Lanciano était un travail d'amateur, un crime de hasard. Dans ce cas, à moins d'un autre hasard, cette histoire ne serait jamais élucidée. Personne n'avait entendu parler des bijoux volés à Gênes et revolés à Marseille. Pourtant, les spécialistes étaient alertés, les grands receleurs surveillés, les descriptions des pièces envoyées à tous les bijoutiers. Le butin de Lanciano semblait avoir disparu avec lui.

Pour comble, l'affaire de la bijouterie de la rue Paradis, venant en complément de l'autre bien plus importante, n'aboutissait pas non plus. Picherande ne nourrissait aucune illusion : l'arrestation de Bastelica ne résolvait pas le problème et n'avait pour seul intérêt que de mettre hors circuit et pour longtemps un dangereux malfaiteur. On attendait autre chose de la police.

Plongé dans ses pensées moroses, Picherande rencontra Bruno Maspie et sa tête d'enterrement.

– Je viens de recevoir un joli savon, petit. Et ça ne me plaît pas.

– A cause?

– A cause qu'on n'avance pas, pas plus pour le Rital que pour la bijouterie.

Bruno haussa les épaules et ce geste signifiait tout à la fois qu'il accomplissait son devoir et de plus se fichait du résultat. Picherande s'emballa aussitôt. De caractère emporté, il n'était pas mécontent, après avoir dû se taire chez le divisionnaire, de prendre sa revanche.

– Mon garçon, ça ne peut pas durer comme ça! Il faudrait savoir, une fois pour toutes, ce que tu veux! Tu es un policier ou un chanteur de charme? Ta Pimprenette, tu as tout tenté pour la tirer du mauvais chemin, mais elle est intoxiquée... Pas de sa faute, d'ailleurs, la pauvre... dans le milieu où elle vit! C'est un miracle que toi, tu t'en sois sorti... Regarde ta sœur aînée et ton cadet... gibier de bagne, tout ça!... Heureusement qu'il y a Félicie et que, peut-être grâce à vous deux, les Maspie redeviendront des gens comme les autres. Seulement, en attendant, tu vas me faire le plaisir de ne plus penser à la dénommée Pimprenette et de penser un peu plus à ton boulot, hé? Il faut qu'on alpague les complices de Bastelica, c'est indispensable, car il n'y a que de cette façon qu'on remettra la main sur les bijoux s'ils n'ont pas déjà été cassés. Note que, sans le meurtre du Rital, le travail serait déjà accompli, mais les receleurs doivent avoir la trouille. A nous de ne pas leur laisser le temps de se remettre. Vu?

Elle hocha tristement la tête.

— Tu es toujours son déshonneur... Je pense pas qu'il te pardonne jamais... Et ça me fait peine... parce que je te le confie à toi, mon Bruno... Depuis ton départ, j'ai réfléchi à des choses qui m'étaient jamais venues à l'esprit... Je crois que tu as raison de mener ta vie comme tu fais... Il a beau dire, Eloi... la prison, c'est pas drôle...

Il passa son bras autour des épaules de sa mère et l'attira contre lui.

— Je suis content, maman... et pourtant, tu sais, j'ai un gros chagrin...

Elle se dégagea, inquiète, pour le mieux regarder.

— A cause?
— Pimprenette.
— Tu l'aimes toujours?
— Toujours... et elle se marie Hippolyte...
— Mon pauvre petit!... Si je lui parlais à Pimprenette?
— Elle t'écouterait pas.
— Pourquoi?
— A cause de mon métier... J'ai dû interroger ses parents pour cette histoire d'Italien qu'on a repêché dans le Vieux-Port.
— Oh! à ce propos...

Et elle lui raconta la visite de Saliceto et de ses hommes, leur comportement, leurs menaces... Baissant les yeux, elle avoua les deux gifles reçues... l'une par Eloi, l'autre par elle-même... Bruno crispa les poings. Si le Corse lui tombait entre les mains, il aurait des misères!

— Ton père a convoqué les amis, mais, sauf Hadol et sa femme, ils se sont tous dégonflés... Eloi laisse rien paraître, mais je devine que cet affront, ça le ronge intérieurement...

Une fille, à qui visiblement Bruno plaisait beaucoup, ne cessait de passer et de repasser devant leur table, ne manquant pas d'adresser des sourires prometteurs au garçon. A la fin, Célestine n'y tint plus et l'apostropha :

— Non, mais des fois, vous avez pas fini, espèce de dégoûtante?

L'autre, qui n'avait pas sa langue dans sa poche, répliqua :

— Sans blague! Ecoutez-la, celle-là! Pour qui ça se prend, misère de nous!

— Vous devriez avoir honte!

— C'est vous qui devriez avoir honte d'essayer de vous annexer un gars qui pourrait être votre fils!

Célestine eut un beau sourire.

— C'est que, justement, c'est mon fils, fadade!

La fille devint mauvaise :

— Pas plus fadade que toi, ah! vieille bique!

Bruno intervint :

— Dépêche-toi de filer, si tu n'as pas envie de te faire emballer...

Et il lui mit sous le nez sa carte de policier. La fille ouvrit des yeux ronds et, très abattue :

— M...! je voulais lever un poulet!

En sortant du salon de coiffure où elle officiait, Félicie eut un petit coup au cœur en voyant Jérôme Ratières qui l'attendait. Il lui plaisait bien, l'ami de Bruno, poli, réservé et un peu timide, ce qui n'était pas désagréable.

— Mademoiselle Félicie... vous ne m'en voulez pas d'être venu vous chercher?

— Ça dépend pourquoi vous êtes venu me chercher.

— Justement... J'ai parlé à votre frère.

— A mon frère? Et qu'est-ce que vous lui avez dit, à mon frère?

Coquette, elle jouissait de l'embarras de son amoureux. Ils descendaient la Canebière et le temps était si beau que les plus renfrognés ne pouvaient se défendre de sourire à tout et à rien.

— Je... je lui ai dit que... que...
— Que quoi?
— Que... je vous aimais.
Elle en ferma les yeux de contentement et faillit rentrer dans un gros monsieur à qui elle cligna de l'œil pour s'excuser, mais le ciel était si bleu qu'il semblait parfaitement normal à ce monsieur que de jolies filles, au passage, lui adressent des signes d'amitié et il continua son chemin en sifflotant.
— Vous ne pensez pas que c'est à moi que vous auriez dû le confier d'abord?
— Je... je n'ai pas osé.
Ce fut elle qui lui prit la main.
Alors, les pauvres Italiens flottant dans le Vieux-Port, les vigiles que les malfrats assommaient, les bijoux qu'on volait n'eurent plus aucune importance aux yeux de Jérôme Ratières qui redressa le torse, tendit la jambe, persuadé que l'amour qu'il portait à Félicie et qu'elle partageait était le plus beau du monde et que jamais, avant eux, on n'avait pu s'aimer comme ils s'aimeraient jusqu'à la fin de leurs jours.

Les yeux encore embués de larmes, Célestine rentra chez elle presque en même temps que sa fille. A toutes deux le cœur battait, pour des raisons différentes, certes, mais aussi fortes les unes que les autres. Seul, Eloi ne partageait pas cette allégresse. Il commença par attraper sa femme pour l'heure tardive à laquelle elle rentrait. Elle eut beau lui expliquer que le déjeuner était quasiment prêt et qu'avec l'aide de sa belle-mère, elle n'en avait que pour quelques minutes, il n'y eut rien à faire, il fallait qu'il crie. Il ne s'en priva pas, s'en prenant plus particulièrement à Félicie.
— Tu demandes à ma mère de t'aider, alors que cette grande bonne à rien est là à se tourner les pouces comme une bourgeoise!
Célestine se jeta au secours de son enfant.

— Tu voudrais quand même pas, pour ses deux heures de repos, qu'on l'oblige à travailler ici? Eloi, t'es un gros sans cœur! Tu y penses aux jambes de la petite, dis?

La question prit visiblement Maspie au dépourvu.

— Et pourquoi j'y penserais, à ses jambes?

— Parce qu'elle y est dessus toute la journée! Le temps te dure de la voir avec des varices?

A la vérité, Eloi qui, en son for intérieur, estimait que sa fille cadette s'affirmait, physiquement parlant, une assez belle réussite, ne tenait pas du tout à lui flanquer des varices et il se contenta de bougonner que, de son temps, on ne s'occupait pas des jambes de ses enfants pour les obliger à travailler.

Le repas fut morne. Eloi ne levait guère la tête de son assiette. Le pépé et la mémé mangeaient avec cette application des vieillards qui voient dans la nourriture absorbée la promesse d'une longévité sans limite. Quant à Célestine, elle avait été trop remuée par la rencontre de son fils pour montrer le moindre appétit. Et pour Félicie, perdue dans ses rêves bleus, un repas importait peu. Soudain, Maspie-le-Grand déclara tout à trac :

— Dieudonné Hadol est venu ce matin...

Ramenée aux réalités, Célestine crut bon de réclamer des précisions.

— Qu'est-ce qu'il voulait?

— Il marie sa fille... avec Hippolyte Dolo... Il nous a invités tous les cinq aux fiançailles qui ont lieu demain chez eux.

— Et tu as accepté?

Le ton indigné de sa femme obligea Eloi à abandonner son assiette.

— Bien sûr! Pourquoi j'aurais refusé? Les Hadol sont de bons amis. J'aime bien Pimprenette et nous serons les seuls invités.

— Et ça te gêne pas d'assister aux fiançailles d'une fille qui brise le cœur de ton fils?

— Quel fils?
— Bruno!...
— J'ai eu, en effet, un garçon de ce nom-là, mais il est mort et je défends qu'on m'en parle!

Célestine se signa vivement.

— T'as pas honte de raconter des horreurs pareilles? Le ciel te punira!
— Fous-moi la paix avec le ciel!
— En tout cas, j'irai sûrement pas embrasser une petite garce qui préfère ce voyou d'Hippolyte à mon Bruno!
— Ton Bruno est moins que rien! et je comprends Pimprenette et je l'approuve de ne pas vouloir se marier à un homme qui est la honte de la famille!
— Parce qu'il a voulu rester honnête au lieu d'être un gibier de prison, comme nous?

Maspie-le-Grand devint blanc comme un linge.

— Tu prends son parti!
— Parfaitement! Il a raison, Bruno! Et maintenant, peut-être que tu vas me mettre à la porte, moi aussi?

Eloi, depuis le lâchage de ses amis, s'attendait à toutes les trahisons, mais que sa propre femme... sa compagne des bons et des mauvais jours... Sa grande colère céda à un découragement total. Au lieu des cris et des injures que les autres s'apprêtaient à entendre, il se contenta de soupirer avant de déclarer d'une voix désespérée:

— Quand les guignols que je prenais pour des amis, pour des frères, m'ont abandonné, j'ai bien cru que je pouvais pas descendre plus bas. Je me trompais! Il me restait à apprendre que ma compagne... la mère de mes enfants... mordrait la main qui la nourrit... vendrait celui qui, depuis toujours, la protège, moi!

Ame sensible que les grands mots bouleversaient à chaque coup, Célestine s'apprêtait à un repentir public. Son mari ne lui en laissa pas le temps.

Arrachant la serviette passée dans le col de sa chemise, il se leva.

— J'en peux plus... Autrefois, je vous aurais peut-être tous étripés... mais je n'ai plus la force... ni l'envie... Puisqu'il paraît que j'ai causé le malheur de tout le monde, puisque chacun se révolte contre moi...

Le pépé, qui ne prêtait qu'une oreille distraite à ces propos pleins d'une noble résignation, interrompit prosaïquement son fils :

— Eloi... laisse pas refroidir la daube!

Cet avertissement gastronomique coupa un peu l'élan lyrique de Maspie-le-Grand et suspendit celui qui devait jeter Célestine, repentante, aux pieds de son époux. Ce dernier eut un haussement d'épaules très las.

— La nourriture!... Pauvre pépé! Mangez! buvez! riez! moquez-vous de celui à qui vous devez le respect! Pour moi, je sais ce qu'il me reste à faire!

D'un pas solennel, il gagna la porte. Célestine ne put y tenir, et cria :

— Eloi, où vas-tu?
— Me coucher.

Rassurée, elle poussa un soupir de soulagement en se laissant retomber sur sa chaise.

— Me coucher pour tâcher d'oublier ce monde pourri... et je me réveillerai ou je me réveillerai pas, selon la volonté de Dieu!

Un silence profond suivit cette déclaration. Et, dans ce silence, la remarque de Félicie prit une importance quelque peu exagérée.

— Si j'étais toi, papa, j'invoquerais pas le bon Dieu parce que le mieux que tu peux espérer, c'est qu'il t'oublie!

Oubliant sa sérénité, Eloi revint sur ses pas, l'œil mauvais, la lèvre amère.

— D'abord et d'une, Félicie, qui c'est qui t'a demandé ton avis?

— J'ai pas besoin qu'on me le demande pour le donner!

— C'est pas une raison si ta mère se conduit comme une...

— Maman, elle vaut cent fois mieux que toi!

Maspie-le-Grand, perdant de vue sa propre grandeur, se précipita, la main levée sur sa cadette, mais se heurta à Célestine lui barrant le chemin.

— Touche-y pas, à la petite!

Une rébellion qui déconcertait Eloi. Vaincu déjà puisqu'il recourait à la discussion, il protesta :

— Mais t'as pas entendu comment elle parle à son père?

— Elle a raison!

— Quoi?

— On respecte pas un père qui vous apprend à mal se conduire! On respecte pas une mère qui a passé tant de temps en prison! Et, à mon idée, il faut que Félicie soit brave pour pas être pourrie jusqu'à la moelle avec les exemples qu'on lui a donnés, toi et moi!

Eperdu, Eloi ne sut que balbutier :

— Mais... mais qu'est-ce qui t'arrive?

— J'ai rencontré Bruno...

— Je m'en doutais!

— J'ai rencontré Bruno, on a causé et j'ai eu honte, tu entends, Eloi? Moi, sa mère, j'ai eu honte devant mon fils! Et je sais pas comment il peut l'aimer encore, sa maman... Des moins que rien, voilà ce que nous sommes, et c'est pourquoi je t'annonce que si tu t'avises de maltraiter ma petite Félicie, qu'elle est honnête et propre comme une source, alors je boucle ma valise et on part toutes les deux!

Ecrasé face à la révélation d'une Célestine qu'il ne connaissait pas, dont il ne soupçonnait même pas l'existence, Maspie ne trouvait rien à répondre. Le pépé, se rendant compte de la situation, voulut se porter au secours de son garçon.

— De mon temps, une femme qui aurait parlé de

cette façon à son homme, elle aurait reçu une bonne correction!

Célestine, furieuse, se tourna vers lui :

— Vous, le pépé, taisez-vous! Tout ce qui est arrivé, c'est de votre faute! C'est vous qui avez fait de votre fils un bandit! un paresseux! un bon à rien!

Le vieux devint tout rouge.

— Toi, ma fille, si j'avais ma canne je te la casserais sur les reins pour t'apprendre à me respecter!

Félicie, qui intervenait toujours au bon moment, s'exclama :

— Heureusement que tu l'as pas, pépé! Parce que si tu t'avisais de toucher maman, moi, je te la ferais avaler, ta canne!

Célestine renchérit :

— Un misérable, voilà ce que vous êtes, et rien de plus! C'est pas la pauvre mémé qui endure les cent mille douleurs d'enfer depuis qu'elle vous supporte, qui prétendra le contraire! Allez, vaï! Félicie, laissons-les... Ils me dégoûtent!

La mère et la fille gagnèrent la cuisine; Eloi, désemparé, gagna sa chambre où il s'enferma, et les deux vieux restèrent seuls. Le pépé tapa sur la table.

— C'est pas une raison pour qu'on me serve pas mon café! Va me le piquer, Adèle!

Mais il faut croire que ce jour-là le temps était à la révolte des opprimés dans le quartier de la rue Longue-des-Capucins car, pour la première fois de leur commune existence, Adèle Maspie n'obéit pas.

— Non.

Son mari la contempla, incrédule.

— Qu'est-ce que tu dis?

— Que ton café, tu iras te le préparer toi-même!

— Sang du Christ! et pourquoi?

— Parce que Célestine a raison et qu'au fond, tu es peut-être bien qu'une vieille saloperie!

Le temps avait beau être splendide, Bruno estimait qu'il était triste, de la couleur de son âme. Pour lui, le soleil dans toute sa splendeur méridionale lui apparaissait comme un médiocre lampion, et le ciel bleu, une toile peinte par des gens sans goût. Dès le réveil, le jeune Maspie avait eu l'impression que quelque chose l'empêchait de respirer à son aise et ce n'est qu'au bout d'un long moment qu'il se rendit compte que sa mauvaise humeur et cette répugnance devant une nature en fête tenaient à ce que, ce jour-là, Pimprenette devait engager sa foi à Hippolyte Dolo.

Picherande, qui se doutait de l'état d'esprit de son collègue, ne le tarabusta guère durant la matinée et l'emmena avec lui effectuer un tour dans les quartiers où, par routine, il se montrait aux truands pour bien leur signifier qu'on ne les oubliait pas. Tout en marchant, il exposait à Bruno ses plans en vue de résoudre et le problème posé par le meurtre de Lanciano et celui des équipiers de Bastelica lors du pillage de la bijouterie de la rue Paradis.

— Rien ne me le prouve, mais j'ai le sentiment que les deux affaires ne sont pas liées... Bastelica a raison : s'il avait piqué la fortune que l'Italien portait sur lui, il ne serait pas allé tenter le diable dans un cassement trop dangereux en rapport des bénéfices escomptés, surtout comparés à ce qu'il aurait eu de côté.

— Alors vous blanchissez le Corse pour l'assassinat du Rital?

— Non... J'ai le sentiment que l'auteur du coup n'en a pas parlé à ses amis... Tu vois ce que je veux dire? Pour moi, les choses ont pu se dérouler de cette façon : Lanciano embarque à Gênes sur un bateau français... peut-être un bateau de Dieudonné Hadol... Quoi qu'il en soit, notre Italien et ses bijoux sont dirigés sur Saliceto... Je pense qu'il a rencontré ce dernier alors qu'il était seul... Quand il a vu la marchandise, Toni a perdu les pédales... Il tue le gars, étouffe la camelote et balance le cadavre dans la flotte. Pour que ses copains ne se doutent de rien, il s'embarque dans l'histoire de la bijouterie, vraisemblablement préparée de longue date... et Bastelica commet la boulette qui le fera tomber. Alors, je me demande... Si on parvenait à convaincre Bastelica que son patron l'a un peu doublé, quelle serait son attitude?... Tu m'écoutes?

– Quoi? Oui, bien sûr...

– Je vois... Ça t'embêterait que je te demande de me répéter ce que je viens de te raconter, hé? Mais ça n'a pas d'importance, c'est autant pour moi que pour toi que je faisais le point.

– Excusez-moi... Aujourd'hui, ça ne va pas...

– Je sais, petit, mais tu as tort de te ronger...

– Elle était tout pour moi... Depuis que je suis en âge de penser à l'avenir, cet avenir je ne l'ai jamais envisagé sans Pimprenette... Et voilà qu'elle se marie Hippolyte... Si encore elle choisissait un brave garçon, il me semble que j'aurais moins mal...

Picherande passa son bras sous celui de Bruno.

– Tant qu'elle ne s'est pas rendue à la mairie, rien n'est perdu... Amène-toi, je t'invite à déjeuner.

– Je n'ai pas faim.

– Tu te forceras!

Chez les Hadol, le déjeuner des fiançailles ne se déroulait pas dans la gaieté. Chacun se forçait pour montrer un entrain qu'il ne ressentait pas. A la vérité, à cause de Maspie-le-Grand, les Fontans, les Etouvant, les Chivre n'étaient pas invités et Perrine tenait rigueur à Eloi de la minceur des effectifs à la cérémonie. Les Dolo, un peu gênés de l'honneur inattendu qui leur était échu, ne prenaient aucune initiative. Maspie, pas encore remis de sa terrible dispute avec « ses » femmes, se forçait pour prendre part à une conversation pleine de trous. Célestine, incapable de pardonner à Pimprenette ce qu'elle tenait pour une trahison, pensait à son Bruno et montrait grise mine.

Perrine Hadol s'évertuait à raconter des histoires qu'on n'écoutait guère. Dieudonné se donnait beaucoup de mal pour jouer les rigolos et échouait assez piteusement. Hippolyte, qui se rendait parfaitement compte de l'atmosphère compassée de la réunion, rongeait son frein au point d'oublier de se montrer galant envers Pimprenette qui, le cœur gros, pensait à Bruno. Seul, le pépé Maspie mangeait de bon appétit les mets succulents qu'on lui présentait et ne se souciait absolument pas des ennuis des autres. La mémé, depuis la scène qui l'avait opposée à son mari, envisageait les choses sous un jour nouveau et éprouvait de la pitié envers Pimprenette qui commettait une sottise dont elle se repentirait sa vie durant.

Quand enfin arriva le dessert, Dieudonné se leva, la coupe de champagne en main :

— Mes amis... je vous remercie d'être venus aux fiançailles de notre fille unique... Avec moi, j'en suis sûr, vous lui souhaiterez tout le bonheur possible... auprès d'un garçon qu'elle aime...

— C'est pas vrai !

L'exclamation indignée de Célestine coupa net l'éloquence de Hadol qui ne sut plus quoi dire. Perrine fronça les sourcils. Les Dolo commencèrent à montrer les dents. Pimprenette rougit. Hippolyte serra les poings. Maspie-le-Grand se tourna vers sa femme :

— Tu es folle ou quoi ?

Pincée, Perrine Hadol remarqua :

— Célestine, ça m'étonne de vous !

— Ce qui m'étonne de vous, Perrine, c'est que vous donniez votre fille à un pareil voyou !

Alors, tout le monde cria à la fois. Hippolyte gesticulait, jurant qu'il lui fallait casser la figure à quelqu'un et exigeait seulement qu'on lui laisse le temps de choisir sa victime. Les Dolo, en chœur, demandaient à Mme Maspie de quoi elle se mêlait et ce qu'elle se croyait. Eloi conseillait aux dits Dolo de le prendre d'un peu moins haut et de ne pas oublier qu'ils n'étaient, somme toute, que des minables. Perrine rugissait que c'était la première fois qu'on l'insultait sous son toit. Dieudonné s'efforçait d'expliquer qu'il existait sûrement un malentendu quelque part. Quant à Pimprenette elle pleurait, tandis que le pépé, dans le brouhaha, criait à sa femme :

– Repasse-moi la glace, Adèle, avant qu'on nous flanque à la porte!

Les choses tournaient nettement à l'aigre. Désespérant d'être écoutée, Perrine saisit le compotier et le jeta de toutes ses forces à terre où il explosa littéralement. Le fracas imposa silence aux jouteurs et troubla le pépé au point qu'il mit sa cuillerée de glace dans son gilet au lieu de sa bouche. D'une voix dont la froideur tranchait avec le tumulte précédent, Mme Hadol déclara :

– Maintenant, il s'agit de comprendre ce que tout ça signifie et personne, ici, parlera sans ma permission. Célestine, vous avez dit une chose affreuse... On est des amies depuis toujours... pourquoi que vous nous avez fait cette injure?

– Parce que vous savez très bien que votre fille elle aime pas Hippolyte qu'a l'air d'un avorton, à preuve qu'on l'a même pas pris au service...

Séraphine Dolo leva son museau de musaraigne pour siffler qu'on l'insultait et qu'elle était aussi capable qu'une autre de mettre de beaux enfants au monde, mais que pour ça il fallait être deux! Son mari, atteint dans sa vanité, lui flanqua une claque et son fils lui sauta dessus pour défendre sa mère. Perrine prit le garçon par le col de sa veste et le força à se rasseoir tout en avertissant Dolo :

– Geoffroy, recommencez vos manières de malappris et vous aurez affaire à moi! Continuez, Célestine!

– ... Votre fille, je le répète, elle aime pas Hippolyte parce qu'elle aime mon garçon!

Perrine rougit sous l'outrage.

— Vous osez déclarer devant tout le monde que ma Pimprenette elle serait capable d'aimer un flic?

La petite cria :

— C'est pas vrai!

Triomphante, sa mère voulut écraser définitivement son adversaire :

— Célestine, je comprends... c'est le dépit qui vous pousse aux calomnies! La honte que Bruno il a mise dans votre famille, vous voudriez qu'on la partage! Mais, chez les Hadol, y a jamais eu de flic et y en aura jamais!

Maspie-le-Grand ne bougeait pas. Chaque fois qu'on lui rappelait la honte de son garçon passé chez les policiers, il ne trouvait rien à répondre. Par contre, Célestine paraissait insensible à ce qu'on lui jetait à la figure.

— Je vais vous dire une bonne chose, Perrine... A mes yeux, Bruno il a raison... C'est un brave garçon et aujourd'hui, le pauvre, il doit pleurer quelque part en pensant que cette Pimprenette qu'il aime depuis toujours renie sa parole... Je l'ai vu pas plus tard qu'hier, mon Bruno, et si vous aviez pu le voir, Perrine, vous lui en auriez pas voulu... Une pauvre figure de rien du tout... maigre à faire peur... et toujours cette Pimprenette dont il ne cesse pas de répéter le nom... « Maman, il me disait, je préférerais mourir que de vivre sans elle... Je l'aime... Je ne veux pas qu'on me la prenne ou alors il y aura un malheur... »

Pimprenette ne pleurait plus, elle bramait. Hippolyte, hors de lui, la somma de se taire en termes peu orthodoxes :

— Tu vas la fermer, oui?

Mme Hadol ne pouvait supporter qu'on parlât ainsi à sa fille.

— Hippolyte Dolo, les femmes chez nous sont pas habituées à ce qu'on leur parle de cette façon! et si tu connais pas la politesse, vaï! moi, je te l'apprends en rien de temps!

Le fiancé, ulcéré par cette injustice, par cet acharnement contre lui, montra Célestine Maspie d'un geste indigné :

— Mais vous voyez donc pas que cette bonne femme, elle essaie de dresser Pimprenette contre moi? Les Maspie, ils peuvent pas supporter qu'on arrange les choses sans leur demander leur avis! Et ça les enrage de constater qu'on se débrouille sans eux! C'est le flic qu'ils ont dans la famille qui leur reste sur l'estomac, parce qu'une honte comme celle-là, personne est capable de la digérer!

Bien que son mari l'ignorât complètement, que son beau-père continuât à s'empiffrer, Célestine tenait tête.

— Tu jappes comme un roquet, mon pauvre Hippolyte, mais si tu étais en public, tu te montrerais pas si insolent!

— Toujours plus que vous lorsque Toni Saliceto et ses amis vous rendent visite et qu'ils vous corrigent!

D'un jet, Maspie se dressa :

— Qui t'a raconté ça?

— Si on vous le demande... hé?

— Tu fréquentes le Corse?

— Et puis après? J'aime mieux fréquenter le Corse que les flics! Pas vous?

Vaincu, Eloi se laissa retomber sur sa chaise. Maintenant seulement, il prenait pleinement conscience de sa déchéance. La trahison de son fils l'avait fait tomber de son piédestal. Il n'était plus Maspie-le-Grand, mais Eloi, le père d'un flic. Il en aurait pleuré de honte... A l'étonnement général, dans le silence qui suivit la retraite de Maspie rompant le combat, s'éleva la voix cassée d'Adèle Maspie.

— Toutes ces histoires, elles nous apprennent pas si Pimprenette elle aime toujours Bruno ou si elle l'aime plus...

Devant cet adversaire inattendu, Hippolyte perdit de nouveau son sang-froid.

— P... de sort! de quoi elle se mêle encore, cette vieille toquée?

— Pas plus toquée que toi, gros mal élevé!

A bout de résistance, l'héroïne de ce débat qui n'en finissait pas, où chacun donnait son avis, sauf elle, Pimprenette, cria :

— Taisez-vous! taisez-vous! Vous me rendez folle! Oui, c'est Bruno que j'aime et je veux plus d'Hippolyte! Qu'il aille se faire voir! Je veux pas d'un mari qui fréquente le Corse!

Et elle courut se réfugier dans les bras de sa mère qui ne put se tenir de remarquer :

— T'aurais pu nous dire ça avant qu'on commande le repas!

Quant à Hippolyte, devant un pareil affront, il voyait rouge. Il s'apprêtait à se livrer à des initiatives regrettables lorsque la porte de la salle à manger s'ouvrit avec force devant la fille engagée comme extra.

— Madame!... Madame! C'est deux hommes...

Elle n'eut pas le temps de terminer son annonce, l'inspecteur Picherande l'écartant d'un geste ferme pénétrait dans la pièce suivi de l'inspecteur Maspie. Cette apparition, pour le moins inattendue, ramena le calme d'un coup. Aimable, le policier s'inclina :

— Bonjour à tous... Vous voudrez bien nous excuser de troubler cette gentille fête de famille, mais nous n'en avons que pour un instant...

Perrine Hadol releva le défi.

— Je crois pas vous avoir invité, monsieur Picherande.

— Notre métier nous oblige souvent à entrer chez les gens sans y être invités... Je souhaiterais parler à Pimprenette!

— Qu'est-ce que vous lui voulez, à ma fille?

— Rien de grave, rassurez-vous! Pimprenette?

Mais Pimprenette n'entendait pas. Elle n'avait d'yeux que pour Bruno qui la regardait. Rassurée,

Célestine se rassit. Quant à Maspie-le-Grand, la tête dans ses mains, il préférait ne rien voir et surtout pas ce fils dont il avait honte.

– Alors, Pimprenette?

La jeune fille se décida à rejoindre le policier, qui lui prit la main.

– Une bien jolie bague que tu as là, petite... Qui c'est qui te l'a donnée?

– Hippolyte.

Toujours aimable, Picherande s'adressa au fils Dolo :

– Tu pourrais peut-être m'apprendre où tu as acheté ce beau bijou?

– Ça vous regarde pas!

Le policier eut un air apitoyé.

– Je constate avec regret que tu n'es pas plus malin que ton père... parce qu'il faut être complètement fada pour offrir à sa fiancée une bague qu'on vient de choper... Tu n'as pas encore appris qu'on nous envoie la description complète des bijoux volés?

– C'est pas vrai!

– Vrai ou pas, je t'arrête et, crois-moi, dans ton intérêt, joue pas au méchant!

En un éclair, Picherande passa les menottes aux poignets d'Hippolyte Dolo écrasé par ce coup du sort.

– Allez, on s'en va... Messieurs-dames, en nous excusant encore... nous vous laissons. Bonne continuation! Tu t'amènes, Bruno?

– J'arrive!

Mais Pimprenette lui prenant la main, annonça fermement :

– Je pars avec toi!

Les policiers et les ex-fiancés disparus, plus personne ne savait quelle attitude adopter. Séraphine Dolo pleurait sans bruit sur l'épaule de son mari. Célestine, triomphante, éprouvait beaucoup de difficulté à cacher son contentement. Perrine calculait mentalement combien lui coûtait cette fête inutile. Maspie-le-Grand s'obligeait à ne regarder personne. Dieudonné Hadol se félicitait que fussent rompues des fiançailles qui ne lui plaisaient pas. Geoffroy Dolo, le cœur un peu gros, réalisait que son fils inaugurait une nouvelle existence de prisonnier et ne pouvait s'empêcher de songer que ce que disait Célestine n'était peut-être pas aussi bête qu'on avait affecté de le croire. Le pépé résuma la situation :

— C'est la première fois que j'assiste à des fiançailles où il manque les fiancés!

Hippolyte Dolo se révéla encore trop tendre pour résister indéfiniment à un interrogatoire durement mené par Picherande et Ratières. D'abord, il nia comme un gosse puis, lorsque le propriétaire de la bijouterie cambriolée, appelé en qualité de témoin, eut reconnu la bague comme appartenant au lot qu'on lui avait dérobé, l'ex-fiancé de Pimprenette s'effondra.

— D'accord, j'étais dans le coup...

Picherande écarta Ratières et prit les choses en main.

— Bon, tu deviens raisonnable, c'est parfait et tu n'y perdras rien. Qui t'a mis dans l'affaire?

— Antoine Bastelica.

— Tu étais en rapport avec lui?

— Pas tellement mais, en sortant des Baumettes, je me trouvais sans un... Les vieux pouvaient pas me filer grand-chose... le hasard a voulu que je rencontre Bastelica... Je lui ai dit où j'en étais et il m'a proposé de me prendre avec lui... Je devais assurer le guet pendant qu'il opérerait.

— Combien as-tu touché?

— La bague et cinq cents balles...

— Et ton père?

— Mon père?... Ah! parce que vous vous figurez que le vieux nous accompagnait? Vous êtes pas tombé sur la tête, des fois? C'est pas du travail pour lui! Il est de l'ancien temps! Lui, il se contente de bricoles... Le boulot d'aujourd'hui, ça le dépasse!

— Parce que toi, tu te crois très fort?

— J'ai manqué de pot, quoi!

— Pauvre cloche! A peine sorti des Baumettes, tu vas y retourner pour un joli bout de temps et tu te figures que tu es malin? Que c'est la belle vie?

— C'est mes oignons!

— D'accord... Qui était avec Bastelica et toi?

— Personne.

— Comme tu voudras... Et l'Italien repêché dans le Vieux Port, tu n'aurais pas une idée de la manière dont il y a été?

— Vous essayez de me mettre ça sur le dos?

— Non, tu es trop minable pour une pareille histoire, mais... tu aurais pu en entendre parler et si tu nous avais refilé un bon tuyau, on t'en aurait tenu compte... C'est pas tellement gai à ton âge de passer les plus belles années de sa jeunesse en taule... Qu'est-ce que tu en penses?

— J'en pense que vous me dégoûtez!... Je sais rien sur le Rital et même je saurais quelque chose que je vous le dirais pas!

— A ton aise... Tu auras tout le temps de réfléchir à l'abri du soleil jusqu'à ce que tu finisses par ressembler à une endive!

Confronté avec Bastelica, Hippolyte ne varia pas dans sa déposition. De son côté, Antoine confirma les dires du jeune Dolo. Il le fit avec désinvolture.

— Vous comprenez, monsieur l'inspecteur, moi je serais plutôt un tendre, alors quand j'ai rencontré ce gosse qui se rongeait de rien pouvoir offrir à sa fiancée, j'ai pensé à une jolie bague. Ça partait d'un bon sentiment, non? C'est pourquoi je l'ai emmené avec moi... A présent, je le regrette... Si on avait été à plusieurs, on aurait pas offert au gamin de nous accompagner! Avec les jeunes, il y a toujours des risques!

— Tu mens, Antoine!
— Ça sera à vous de le prouver, monsieur l'inspecteur...
— Je le prouverai.

Pendant que Bastelica et Hippolyte voyaient se dessiner pour eux un avenir bien sombre, Bruno et Pimprenette, bras dessus, bras dessous, se promenaient dans les jardins du Pharo qui était leur refuge. Ils retrouvèrent « leur » banc heureusement libre. Ils y prirent place et, tout de suite, la jeune fille se blottit contre son amoureux.
— C'est vrai que t'avais de la peine que je marie Hippolyte?
— J'aurais préféré mourir!
Pimprenette gémit tout à la fois de crainte rétrospective et de plaisir.
— T'aurais osé te détruire?
— Puisque tu m'aimais plus, je me fichais de tout!
— Mais j'ai jamais cessé de t'aimer!
— Et tu épousais Dolo?
— Pour me venger!
— De quoi?
— Des misères que tu m'as faites!
— Moi?
— C'est toi ou moi qui suis dans la police?
Bruno s'écarta un peu de Pimprenette et, sévèrement :
— Ecoute bien, Pimprenette, il faut en finir une fois pour toutes! ou tu acceptes de devenir la femme d'un policier et tu décides de te conduire bien...
— Parce que tu trouves que je me conduis pas bien? C'est ça ton amour? Tu dis que tu m'aimes et tu m'insultes?
— Oh! Sainte Mère, prenez-moi en pitié ou je l'étrangle! Mais, tête de mule, je veux te garder avec moi tout le temps! Je ne tiens pas à aller te porter le panier en prison, le dimanche! Si je dois avoir une

femme que je verrai que de temps en temps, alors, non, je préfère qu'on se sépare tout de suite! Je demande mon changement et tu n'entendras plus parler de moi!

— Tu m'insultes... tu me menaces... et tu te proposes de ficher le camp, loin de moi? Vous avez une drôle de manière de montrer votre amour, dans la police! Mais moi, parce que je t'aime pour de vrai, je ferai tout ce que tu voudras.

V

Malgré son pessimisme dû au long piétinement de recherches qui n'aboutissaient pas, le divisionnaire – à son corps défendant – se laissait gagner par la conviction tranquille de l'inspecteur Picherande.

– Voyons, sérions les questions : l'affaire de la bijouterie?

Le policier haussa les épaules.

– Celle-là, elle est presque réglée et j'aurais déjà refermé le dossier si je ne craignais de démolir du même coup l'enquête sur le meurtre de l'Italien.

– Expliquez-moi bien ça que je puisse, à mon tour, l'expliquer à nos patrons!

– L'affaire de la bijouterie d'abord : nous tenons Bastelica et Dolo. Ce dernier est encore un jeunot sans expérience et Antoine n'a jamais été un chef. Il est impossible, en dépit de ce qu'il raconte, qu'il ait monté le coup tout seul, premièrement parce que ça ne correspond pas à son caractère...

– Il a pu changer?

– Pas à son âge! Pourvu qu'il porte des souliers bien cirés, une cravate de couleur vive et un costume parfaitement ajusté, Bastelica ne se casse pas la tête... Non, les deux autres étaient de la partie, Saliceto et Bacagnano... Je me charge de les obliger à avouer en quelques heures.

– Pourquoi pas tout de suite?

– Parce que je suis persuadé que c'est Saliceto ou

Bacagnano qui a descendu Lanciano pour le voler, mais, celui des deux qui a agi l'a fait à l'insu de l'autre et se méfie de cet autre autant que de la police, sinon plus! Si Saliceto ou Bacagnano a planqué les bijoux génois en lieu sûr, je lui rendrais service en le bouclant pour quelques années... Je le mets à l'abri de la tentation de liquider une pièce ou deux, je le blanchis aux yeux de ses copains... Vous voyez?
– Très bien.
– Naturellement, Saliceto ou Bacagnano sont surveillés de près, au cas où ils auraient l'intention de changer d'air... Ils ne doivent pas comprendre pour quelle raison on ne les embarque pas; mais, en bons truands, ils se persuadent forcément que nous sommes des imbéciles et cela leur donne une fausse sécurité. Moi, j'attends que, rassuré, le meurtrier commette la gaffe qui me permettra de l'alpaguer.
– Vous n'avez pas une idée plus précise du criminel?
– Toni Saliceto... L'Italien, s'il a été renseigné, est allé au chef, pas au comparse, et puis Bacagnano est trop bête... Patron, je vous demande encore quelques jours.
– Soit.
– Merci.

Chez les Maspie aussi, c'était le commencement de la fin. Depuis la révolte de Célestine, depuis l'arrestation d'Hippolyte, le pépé et Eloi avaient le sentiment – auquel ils ne parvenaient pas à s'habituer – qu'ils n'imposaient plus leur volonté dans leur maison. Des années et des années de servitude craquaient en un instant. Maintenant, Célestine ne craignait plus d'aborder le sujet tabou de Bruno. Tout s'était vraiment déclenché lorsque les Maspie rentrèrent des fiançailles interrompues. A peine Célestine eut-elle déposé son sac sur la table du salon-salle à manger, qu'elle s'adressa à son mari, avec une hargne qu'on n'attendait pas d'une femme d'ordinaire aussi aimable et déférente :

— Regarde-moi, Eloi, est-ce que, par hasard, tu serais fier de toi?

Les autres suspendirent leur mouvement et demeurèrent figés comme dans un film de la « nouvelle vague ». Maspie-le-Grand, peu habitué à ces manières, voulut retrouver son autorité.

— Qu'est-ce que ces façons de parler à ton époux à qui tu dois le respect?

Célestine eut un rire moqueur.

— Et qui c'est qui l'a dit?
— Dit quoi?
— Que je te devais le respect?

Déconntenancé par cette réplique, Maspie-le-Grand bafouilla :

— Té! parce que c'est la loi... enfin, la loi...
— Mais la loi, tu t'en fous totalement, toi?
— Dans un sens!
— Y a pas de sens! Tu nous a toujours appris que la loi et les gendarmes, c'était pas pour toi... Même que tu as été assez souvent en prison à cause de la loi que tu méprisais! Alors maintenant, faudrait pas l'invoquer, la loi, pour me casser les pieds!
— Te casser les...!
— Tout juste! Et moi, la loi je m'en fous aussi complètement que toi? alors, pour le respect, tu repasseras!

Le pépé s'en mêla.

— Eloi, tu vas pas la laisser te parler sur ce ton! Songe à l'exemple qu'elle donne à ta mère!

Célestine mit le vieux hors de combat en un rien de temps :

— Vous, le pépé, vous seriez bien inspiré de filer dans votre chambre pendant que je suis encore pas trop énervée, sinon votre dîner, vous pourriez le chercher ailleurs!

Maspie s'indigna :

— Célestine! je te défends...
— Toi! je te dis...!

C'est à ce moment précis qu'une ère nouvelle commença dans la maison Maspie. Cependant Eloi, le premier instant de désarroi passé, n'accepta point une défaite aussi radicale et, pendant que le pépé et la mémé se hâtaient vers leur chambre pour ne point écoper des éclats de la grande querelle se préparant, il prit un ton solennel :

— Célestine, tu m'as pas habitué à ça... Tu me traites comme le dernier des derniers...

— Et c'est pas le dernier des derniers celui qui laisse insulter sa femme sans se porter à son secours?

— Qu'est-ce que tu racontes!

— Tu as pas entendu peut-être comment qu'elle m'a parlé, la Perrine?

— Quand on parle de M. Bruno Maspie, moi, je m'en mêle pas! J'ai trop honte!

— Moi, c'est de toi que j'ai honte!

— Je t'interdis de parler de ce garçon que je connais plus!

— Tu le connais plus? Grand couillon, va! En tout cas, tu oseras pas prétendre qu'il était pas beau notre fils quand il est entré!

Eloi eut une moue dubitative.

— Beau... il faut pas exagérer... D'ailleurs, sa beauté, je me demande de qui il la tiendrait!

— De moi! Tu te rappelles plus comment j'étais, autrefois? Quand on l'a fait, le petit?

Maspie détestait le tour que prenait la conversation car il y perdait pied.

— Je me rappelle qu'une chose, c'est que j'ai défendu de parler de celui qu'a déshonoré une famille jusqu'ici respectée!

— Par qui?

— Comment?

— Je te demande : par qui nous sommes respectés?

— Mais il me semble que...
— Non, Eloi... On est respecté par toute la crapule de Marseille, mais chez les gens comme il faut, t'en trouverais pas un pour te serrer la main... et ils auraient raison, Maspie-le-Grand, parce que tu as été un mauvais mari, un père sans conscience et, pour tout le monde, un pauvre truand de quatre sous!
— Je vois que M. Bruno t'a bien endoctrinée!
— Lui, il peut passer partout la tête haute!
— Avec sa livrée!
— Et toi, on t'en collait pas, une livrée, en prison?
— On me l'imposait! Je la choisissais pas!
— Si, tu la choisissais en menant la vie que tu menais!

Il y eut un silence où chacun prenait conscience de ce qui avait été dit. Eloi, qui avait pris place dans son fauteuil, se leva.

— Célestine, je t'ai toujours respectée... mais cette fois, tu es allée trop loin... Ton fils, je le tiens pour un individu méprisable et il se noierait sous mes yeux que je lèverais pas le petit doigt pour lui porter secours... Pour moi, Bruno Maspie est mort et enterré... Maintenant, si ça te convient de le rejoindre, tu peux... et si Félicie désire te suivre, je l'empêcherai pas... Toi, ton fils et ta fille, vous parlez plus comme moi, alors, forcément, on peut plus se comprendre... Si c'est nécessaire, je resterai seul avec les vieux pour défendre l'honneur des Maspie!

Et, pour la première fois de sa vie, écœuré, dégoûté, Eloi s'en fut se coucher sans dîner.

L'inspecteur Picherande s'était rendu au service des passeports de la Préfecture pour saluer son ami Estouniac dont il avait tenu un des enfants sur les fonts baptismaux. Les deux hommes bavardaient, lorsque le policier remarqua une blonde assez éclatante, en qui il reconnut une demoiselle de vertu légère mais qui, dans le monde de la galanterie marseillaise, occupait un rang assez élevé. On la disait l'amie de Toni Saliceto. Elle s'appelait Emma Sigoulès et répondait au surnom de la Daurade. Picherande montra la jeune femme à son copain.

— Débrouille-toi pour la retenir deux ou trois minutes dans le couloir pendant que j'interrogerai ton collègue sur ce qu'elle est venue lui demander.

— D'accord!

Lorsque la Daurade, après une longue discussion, en eut terminé, elle sortit et se heurta à Estouniac. L'inspecteur se précipita vers l'employé qu'Emma Sigoulès quittait. Pour passer devant les clients grincheux, Picherande dut exhiber sa carte.

— Que désirait Mlle Sigoulès?
— Un passeport.
— Tiens... tiens... Par hasard, elle ne vous aurait pas confié où elle voudrait se rendre?
— En Argentine, je crois.
— Naturellement! Elle ne vous a pas posé de questions sortant de l'ordinaire?
— Ma foi... Ah! si, pourtant... Elle a voulu savoir quelle somme de bijoux elle avait le droit d'emporter sans être tracassée par la douane argentine... Je l'ai rassurée en lui affirmant qu'elle pouvait en trimballer une tonne, là-bas ils ne trouveront rien à redire, au contraire!

Picherande sut alors que, fidèle aux promesses faites à son chef, il touchait au but. Il serra chaleureusement la main de l'employé un peu surpris de cet enthousiasme affectueux.

— Mon vieux, vous n'imaginez pas le service que vous m'avez rendu! Un dernier tuyau : l'adresse de Mlle Sigoulès?
— 327, rue du Docteur-Morucci.

Estouniac reparut pour annoncer au policier qu'il n'avait pu retenir plus longtemps Emma Sigoulès. Picherande se précipita et repéra la jeune femme au moment où elle traversait la place du Maréchal-Joffre. En prenant toutes les précautions d'usage, l'inspecteur suivit son élégant gibier. Derrière elle, il coupa la rue Paradis, passa devant la Banque de France et, par la rue d'Arcole, gagna la rue Breteuil qu'il remonta. La Daurade rentrait chez elle. Par acquit de conscience, Picherande, à la suite d'Emma, tourna dans la rue Montevideo qui partage en son milieu la rue du Docteur-Morucci. Le policier attendit d'avoir vu la femme se glisser dans une maison pour se précipiter dans le premier bistrot afin d'alerter le service. Il tomba sur Jérôme Ratières.

– Qu'est-ce que tu fabriques en ce moment, petit?
– Je suis de garde.
– Fais-toi remplacer et rapplique dare-dare à l'angle de la rue Breteuil et de la rue Montevideo. Avant de partir, procure-toi une photo d'Emma Sigoulès, dite la Daurade. Elle est fichée dans nos services pour une histoire de drogue remontant à deux ou trois ans.

Picherande attendit son collègue et lui intima l'ordre de ne pas quitter la Daurade de l'œil où qu'elle aille et de téléphoner aussi souvent que possible afin qu'on puisse toujours la situer. A 20 heures, Bruno Maspie prendrait la relève.

Le commissaire divisionnaire Murato marqua quelque surprise à l'entrée imperturbable de l'inspecteur Picherande dans son bureau.

– Patron, ça y est!
– Qu'est-ce qui y est?
– Je le tiens!
– Et si vous cessiez de parler par énigmes, Constant!
– Je vais posséder Toni Saliceto et lui piquer les bijoux qu'il a volés sur le cadavre de Lanciano, sa victime!
– C'est sérieux?
– Tout ce qu'il y a de sérieux, patron!

L'inspecteur raconta au divisionnaire sa rencontre

avec Emma Sigoulès, l'amie de Toni et lui rapporta les étranges questions posées à l'employé du service des passeports. Murato siffla entre ses dents :

– En effet, Constant, je crois que cette fois vous êtes sur la bonne piste.

– Et comment! Vous pensez bien, patron, que ce n'est pas pour le cassement de la bijouterie que Saliceto songe à s'expatrier. Divisé en trois, le butin n'est pas formidable, certainement insuffisant pour permettre au Corse de mener à Buenos-Aires l'existence qui est la sienne, surtout en compagnie d'Emma qui n'est pas une fille prête à travailler comme beaucoup de ces dames travaillent chez nos amis argentins. Bien sûr, on pourrait admettre que Saliceto, profitant de la mise hors circuit de Bastelica, s'empare de la totalité du butin pour filer, mais il y a Bacagnano et, de plus, ce n'est pas dans le caractère du Corse, sans compter que là-bas il risquerait de rencontrer des gentlemen avertis par le milieu marseillais et qui seraient tout disposés à lui demander compte de sa trahison. Non, il est beaucoup plus logique de supposer qu'avec le million de camelote pris sur l'Italien, Toni compte se la couler douce de l'autre côté de l'océan avec la belle Emma.

– C'est aussi mon avis. De quelle façon allez-vous vous y prendre?

– On file la Daurade pour voir si elle a des contacts. Ratières est à ses trousses pour l'instant. A 20 heures, Bruno le remplacera. Et si demain il ne s'est rien produit de nouveau, j'irai rendre visite à Mlle Sigoulès et je l'obligerai à se confesser et à me signer une jolie déposition qui enfoncera Toni jusqu'au cou dans une histoire dont il ne se sortira pas! Comptez sur moi!

– Mais j'y compte bien, mon vieux!

Félicie était habituée à ce que son amoureux vînt l'attendre à la sortie de son travail, quand son service le lui permettait. Ce soir-là, elle éprouva un peu de dépit de ne pas apercevoir sa silhouette sur le trottoir, mais elle n'eut pas le temps de se poser beaucoup de questions car Pimprenette lui sautait au cou.

– Félicie, ça ne te gêne pas que je sois venue te chercher?

– Au contraire! Qu'est-ce qui t'arrive?

– Des tas de choses!

– T'as l'air rudement heureuse?

– Mais... c'est que je le suis?

Avec un peu d'amertume – parce qu'elle pensait au chagrin de son frère –, elle s'enquit :

– A cause de tes fiançailles avec Hippolyte?

La fille des Hadol partit d'un éclat de rire qui fit se retourner quelques passants.

– C'est vrai que t'es pas au courant! L'Hippolyte, il est liquidé!

– Liquidé!

– Lui et moi, c'est fini!

– Non?

– Si!... D'ailleurs, il est en prison.

– En prison!

Pimprenette raconta à son amie l'extraordinaire aventure de ses fiançailles manquées.

– Alors, qu'est-ce qu'ils ont fabriqué tous, quand les policiers ont emmené Hippolyte?

– Je sais pas...

– Tu sais pas?

– Non, car je suis partie avec Bruno... Nous sommes allés au Pharo... Dis, Félicie, ça t'ennuierait que je devienne ta belle-sœur?

– Moi? Mais peuchère, c'est tout ce que je souhaite!

Sans se soucier des passants, elles s'embrassèrent avec fougue et tendresse. Pimprenette conta ses amours avec Bruno. En échange, Félicie prit son amie pour confidente de ses amours avec Jérôme Ratières. Les deux jeunes filles vivaient un conte bleu. Elles se séparèrent fort avant dans la soirée, pleines de projets partagés et certaines d'un avenir qui les verrait ne plus se séparer.

Lorsque Pimprenette fut partie et que le sortilège du rêve l'eut pour un temps abandonnée, Félicie prit conscience de l'heure et se hâta, un peu apeurée, vers la rue Longue-des-Capucins, s'apprêtant à subir une dure semonce de la part de son père qui ne daignait lui adresser la parole que pour la gronder. Mais, ce soir, Félicie était si heureuse qu'elle se croyait capable de tout entendre sans répondre et d'opposer le plus aimable sourire aux visages les plus renfrognés.

En pénétrant dans l'appartement Maspie, Félicie eut d'abord l'impression qu'il n'y avait personne. L'événement la surprit car il n'était point dans les habitudes de la famille de sortir après le dîner. Mais ce qui étonnait le plus la jeune fille, c'est que la table ne montrait pas qu'on eût soupé, malgré l'heure tardive... C'est alors que Félicie découvrit sa mère occupant le fauteuil d'Eloi. Une telle anomalie, complétant celles qu'elle venait de remarquer, commença d'inquiéter sérieusement la fiancée de Ratières.

– Maman!

Célestine sursauta.

– Ah! c'est toi... té! Je crois bien que je m'étais un peu endormie!

– Mais... où sont les autres?

– Dans leurs chambres.

– Dans leurs chambres?

Mme Maspie dut expliquer à sa cadette la grande scène l'ayant opposée à son père et elle conclut :

– On s'est dit des injures terribles! Mais qu'est-ce que tu veux, il fallait que ça éclate! Et puis, Bruno m'a ouvert les yeux... Félicie, je te demande pardon... J'ai pas plus été une bonne mère pour toi que pour les autres...

La petite s'agenouilla près de la maman et lui prit la main dans les siennes :

— Je te juge pas... Tout ce que tu as fait, tu as cru que c'était bien, sans doute...

— C'est vrai... chez moi, on pensait comme ton père, alors, qu'est-ce que tu veux? J'avais pas le courage de reconnaître que je me trompais... et puis ta grand-mère s'est amenée... une femme qui m'impressionnait beaucoup... Je me suis trouvée mariée sans même me rendre compte de ce qui m'arrivait... et puis j'aime bien Eloi quoi qu'il le mérite guère... (Son attendrissement céda vite à la colère.) Quand j'entends comme il parle de son fils, de notre fils! je le dévorerais tout cru!... Félicie, je suis heureuse que tu marches sur les traces de ton frère... La pauvre Estelle, elle est quasiment perdue... Jamais on n'aurait dû la laisser marier à ce Piémontais... Quant à Hilaire, je le dresserai!

Mise en confiance par la confession maternelle, Félicie parla de Jérôme Ratières et de sa volonté de l'épouser. Célestine, émue, embrassa passionnément sa fille.

— Tu peux pas savoir quel plaisir tu me donnes!

Dans sa chambre, Maspie-le-Grand, que le chagrin, la colère, l'amertume et un brin de remords avaient longtemps empêché de se reposer, s'était brusquement endormi sans se douter qu'à quelques pas de lui sa femme et sa fille complotaient la ruine de ce qui avait été son triste idéal sa vie durant et qu'elles s'apprêtaient, pleines d'enthousiasme vengeur, à accentuer ce qu'il tenait pour la honte de la famille.

Les rapports de ses collègues lui ayant appris que la demoiselle Sigoulès n'avait rencontré personne d'intéressant avant d'aller se coucher, Picherande décida d'aller rendre visite à la Daurade. Il eut cependant la courtoisie de ne pas se présenter chez Emma avant midi, de crainte de la tirer du lit à une heure pour elle inhabituelle. Il renvoya Ratières qui se précipita vers la Canebière en espérant arriver au magasin de coiffure avant que Félicie ne l'ait quitté.

La Daurade avait retrouvé toute sa splendeur lorsque dans sa robe d'intérieur elle répondit au coup de sonnette du policier. Une légère et fugitive crispation de ses traits indiqua au visiteur qu'elle le reconnaissait.

– Vous désirez?
– Vous parler, mademoiselle Sigoulès.
– C'est que j'attends quelqu'un...
– Je serais très heureux de faire sa connaissance, justement.
– Mais, monsieur, de quel droit...
– Inspecteur principal Picherande, de la Sûreté Nationale.
– Ah!
– Je puis entrer, maintenant?

Elle s'effaça et le policier pénétra dans un living-room meublé avec plus de goût qu'il ne l'eût imaginé.

– Maintenant, qu'est-ce que vous me voulez?
– Cela ne vous gêne pas que je m'asseye?

Elle haussa les épaules pour bien montrer qu'elle se soumettait à ce qu'elle n'avait pas le moyen d'empêcher.

– Mademoiselle Sigoulès, je suis là pour vous prier de me fournir quelques explications.
– A quel sujet?
– Au sujet de votre demande de passeport.
– Je n'ai pas le droit de demander un passeport?
– Bien sûr que si.
– Alors?
– Où désirez-vous aller?
– Ça vous regarde?
– Eh! oui.
– Ce n'est pas mon avis!
– Mademoiselle Sigoulès, je passe pour un homme patient, mais tout de même, il ne faudrait pas exagérer! Qu'est-ce qui vous prend de filer en Argentine?

— Je ne file pas, monsieur l'inspecteur... Je pars, nuance! J'adore les voyages...
— Vous avez beaucoup voyagé?
— Pas encore.
— Pourquoi? Cette passion ne vous est pas venue d'un seul coup?
— Il faut de l'argent pour prendre le bateau ou le train et... mettons que jusqu'à maintenant je n'en possédais pas assez.
— Vous avez hérité?
— Vous vous croyez drôle?
— Ce que je me crois ne vous regarde pas!
— J'ai un ami très riche.
— Suffisamment riche pour vous couvrir de bijoux?
— Et pourquoi non? Les bijoux me vont très bien!
— Je n'en doute pas... Montrez-moi les vôtres.
— En voilà une idée!
— Je suis amateur...
Elle commençait visiblement à se sentir mal à l'aise.
— Mais enfin à quoi ça rime, tout ça?
— Montrez-moi vos bijoux.
— Non!
— Vous préférez que je téléphone pour me faire établir un mandat de perquisition?
— Je... je vous ai menti... Je n'ai pas de bijoux... Quelques bricoles sans importance.
— Alors, pourquoi avez-vous demandé à l'employé de la préfecture si vous pouviez emporter pas mal de bijoux sans craindre la douane argentine?
— Mais... Mais...
Le ton de Picherande changea.
— Emma Sigoulès, vous courez au-devant de très gros ennuis si vous ne vous décidez pas à être franche... Je vous répète ma question : où sont les bijoux que vous souhaitez emporter en Argentine?
— Je ne sais pas.

137

— Figurez-vous que cela ne m'étonne pas.
Elle parut surprise :
— Vraiment ?
— Vraiment... Vous êtes toujours l'amie de Toni Saliceto, n'est-ce pas ?
— Oui...
— Et c'est lui qui a les bijoux ?
— C'est possible.
— C'est certain... Vous les avez contemplés ces joyaux ?
— Non.
— Toni vous a avertie que vous auriez pas mal de bijoux à emporter en Argentine ?
— Oui.
— Et ça ne vous a pas paru extraordinaire ?
— On ne pose pas de questions à Toni. Et puis il me promettait de refaire notre vie ensemble avec beaucoup d'argent à la clé... pourquoi me serais-je inquiétée d'autre chose ?
— Vous auriez été bien inspirée pourtant, car cette fortune que le Corse vous propose elle est due à un meurtre.
— A un meurtre ?
— Celui de Tomaso Lanciano. Alors, maintenant, Emma, ou vous êtes contre nous ou vous êtes avec nous. Je veux coincer Toni et l'envoyer à l'échafaud. Vous ne l'aimez pas ?
Elle ricana :
— Un mot que je ne comprends pas.
— Tant mieux en l'occurrence... Si vous vous conduisez correctement...
— C'est-à-dire si je trahis mon ami ?
— Vous prendrez votre passeport et vous agirez absolument comme si nous ne nous étions pas rencontrés...
Brusquement Picherande s'aperçut que la Daurade ne l'écoutait pas et qu'elle s'efforçait de ne pas regarder derrière lui pour ne pas attirer son attention. Le

policier comprit le danger, mais trop tard. Le poignard l'atteignit au moment où il se levait de son siège. Frappé sous l'omoplate gauche, il mourut presque instantanément.

Le soir, le divisionnaire s'inquiéta de la disparition de Picherande et de son silence. Il attendit patiemment toute la nuit, craignant, par une démarche intempestive, de brouiller le plan de son sous-ordre. Le lendemain matin, en arrivant à son bureau, Murato apprit que Picherande n'avait toujours pas donné signe de vie. Aussitôt, il envoya Ratières et Maspie chez la demoiselle Sigoulès pour tâcher d'apprendre quelque chose d'elle.

– Et mettez le paquet, petits, je vous couvre. Je veux savoir où est Picherande!

Les inspecteurs se heurtèrent à une porte close chez Mlle Sigoulès, et une voisine leur apprit que la jeune femme était partie la veille au soir en emportant une valise. Maspie et Ratières se disposaient à repartir lorsque Bruno qui, grâce aux fréquentations de sa famille, avait appris l'art d'ouvrir les portes, décida de jeter un coup d'œil dans l'appartement de celle qui était déjà à ses yeux une fugitive. Ratières ne se sentait pas très emballé par cette opération mais, lui aussi, aimait bien Picherande...

Tout de suite, les deux hommes virent le corps de leur ami. Ils en demeurèrent un instant paralysés. Et comme ils étaient encore jeunes, pas très endurcis, ils pleurèrent le bon compagnon disparu, surtout Bruno pour qui Picherande avait été un peu le père qu'Eloi n'avait pas su être. Ils téléphonèrent au divisionnaire qui jura effroyablement et promit de foutre Marseille cul par-dessus tête mais qu'il mettrait la main sur le meurtrier de son inspecteur. Aussitôt, le signalement d'Emma Sigoulès fut répandu et des dizaines d'hommes s'élancèrent en quête de la Daurade. Saliceto interrogé présenta un alibi qu'il n'était pas possible de démolir bien que ceux qui s'en portaient garants fussent de parfaites fripouilles. Pourtant, le commissaire Murato ne croyait pas que Picherande ait été tué par Emma. D'abord, parce que le couteau n'est pas une arme de femme, ensuite parce que la blessure ressemblait trop à celle de Lanciano pour n'avoir pas été portée par la même main. De ces constatations, il en déduisit que Picherande se trouvait sur la bonne voie et qu'il ne fallait pas lâcher le Corse d'une semelle.

Quant à Bruno, il avait fait de la découverte de l'assassin une histoire personnelle. Il pensa que si son père acceptait de l'aider, il aurait beaucoup de chance d'arriver rapidement à son but. Aussi, à cause de Picherande, il reprit ce soir-là, et pour la première fois depuis près de quatre années, le chemin du domicile paternel.

Ils étaient tous à table lorsque Bruno frappa à leur porte. C'est Félicie qui vint lui ouvrir. A sa vue, elle ouvrit une bouche démesurée. Le policier ironisa gentiment :

— Toi, au moins, tu ne caches pas tes sentiments et je suis bien content de pouvoir me rendre compte que tu as une dentition en parfait état.

Dans un souffle, elle chuchota :

— Mais... mais, il est là!

— Justement, c'est à lui que je désire parler.

On entendit Eloi qui criait :

— Et alors, Félicie, tu nous dis qui c'est, oui ou non?

— La petite allait répondre, mais son frère la devança et pénétrant dans la salle à manger, annonça :

— C'est moi.

Célestine poussa une exclamation où la joie et la peur se mélangeaient à doses égales, ce qui donna un cri assez désagréable.

Le pépé cligna de l'œil à son petit-fils et la mémé lui sourit en demandant :

— Tu mangeras bien quelque chose ?

Alors Maspie-le-Grand intervint :

— Non, ce monsieur n'a rien à faire ici et je le prie de sortir immé-dia-te-ment s'il ne tient pas à être flanqué dehors!

Célestine joignit les mains :

— Bonne Mère! son fils? la chair de sa chair!

Bruno, sans se troubler outre mesure, embrassa sa mère, sa grand-mère, tapota affectueusement l'épaule du grand-papa sans se préoccuper d'Eloi qui marqua le coup :

— Tu me provoques, dis, honte de ta race?

— Je suis ici, monsieur Maspie, en tant que policier.

— Policier ou pas, dépêche-toi de foutre le camp sinon je te colle un pastisson qui te marquera pour le reste de tes jours!

Bruno vint se planter près de son père et, approchant son visage du sien :

— Si tu me colles un pastisson, en tant que fils respectueux, je te le rends; mais en tant que policier, je t'empoigne par la peau du cou et je te traîne en prison, à coups de pieds dans le cul!

— Dans le cul?

— Exa-cte-ment! dans le cul!

Eloi s'adressa à sa femme :

— Jolie éducation! tu peux en être fière! un parricide! (Et, se tournant vers son fils :) Vas-y! assassine-moi! qu'est-ce que tu attends?

— J'attends que tu aies fini de faire l'imbécile!

Maspie-le-Grand revint à son épouse :

— Et respectueux, avec ça! Je comprends que tu prétendes que c'est un exemple pour ses frère et sœurs! Monsieur Maspie-le-Jeune, je ne peux pas malheureusement vous empêcher de porter mon nom ni de le déshonorer, mais je tiens à vous apprendre que je me considère plus comme votre père!

– Aucune importance!

– Aucune... Ah! coquin de pas Diou! vous allez assister à un massacre!

D'un bond, Célestine se jeta entre les deux hommes.

– Avant de toucher mon fils, faudra que tu me tues d'abord, monstre de nature.

– Ote-toi de là!

– Jamais!

– Me pousse pas à bout, Célestine, ou ça sera terrible!

Bruno écarta sa mère :

– Père...

– Je te défends!...

– Père... on a tué Picherande.

Alors, ils se turent les uns et les autres et après un instant de silence, Maspie-le-Grand interrogea :

– Qui?

– Celui qui a assassiné l'Italien...

– Saliceto?

– Je ne sais pas.

– Alors, comment veux-tu que je le sache?

– Père... j'aimais bien Picherande... Il éprouvait de la sympathie pour toi... Il te tenait pour une fripouille, mais une fripouille sympathique et puis, surtout, il pensait surtout à nous, tes gosses... C'est pour nous qu'il ne t'a pas envoyé au trou aussi souvent que tu le méritais...

– Et après?

– Aide-moi à trouver son meurtrier!

– Non!... D'abord parce que je n'ai pas à faire le travail de la police; ensuite, parce que je n'ai pas de rapport avec le Corse!

– Même quand il te calotte devant ta femme et tes parents?

— Ça, c'est une autre histoire et je la réglerai à ma façon, elle ne te regarde pas!
— Tu connais Emma Sigoulès, qu'on appelle la Daurade?
— Vaguement.
— On dit que c'est l'amie de Saliceto?
— Ça se pourrait.
— C'est chez elle que Picherande a été tué.
— Tu l'as arrêtée?
— Elle a disparu.
Eloi ricana :
— Ah! vous êtes malins, les uns et les autres!
— Tu as une idée où elle se planque?
— Non.
— Bon... En somme, tu ne tiens pas du tout à m'aider?
— Exactement.
— Eh bien! moi je vais y aller, chez le Corse! Dis-moi où je peux le rencontrer.
— Au *Moulin à Vent*, rue Henri-Barbusse, mais, si j'étais toi, je me méfierais... C'est un coriace, Toni...
— Fais-moi confiance, je ne suis pas tendre non plus... Père, je ne reviendrai plus ici.
— Et tu auras raison.
— Je ne te pensais pas aussi mauvais que tu l'es... Tu prends le parti de l'assassin de Picherande. Désormais, méfie-toi... Je me collerai à tes trousses et je te jure qu'au moindre faux pas, je t'expédie aux Baumettes et en vitesse!
— T'as une drôle de manière de montrer ton respect filial.
— C'était Picherande mon vrai père et tu n'es pas respectable!
Au moment où Bruno se retirait, sa mère l'embrassa :
— Moi, je suis d'accord avec toi, mon petit... et si jamais il t'arrive quelque chose, il m'entendra, ce grand malfaisant!

On aurait menti en affirmant qu'Eloi était content de lui.

Bruno, en compagnie de Ratières, écarta d'un geste brutal le patron du *Moulin à Vent* qui tentait de les empêcher d'entrer dans l'arrière-salle servant de refuge à Toni. Le Corse et Bacagnano jouaient aux cartes lorsque les policiers se montrèrent. Les deux truands demeurèrent cloués sur leurs chaises par la surprise. Puis, se reprenant, ils voulurent sortir leurs armes, mais le pistolet subitement apparu dans la main de Maspie les persuada de rester tranquilles. Saliceto grogna :

– On vous a pas invités! Qu'est-ce que vous voulez?

Bruno s'approcha de lui.

– Te rendre d'abord ce que tu as donné à mon père.

Et il lui assena un coup de poing en pleine figure qui envoya Toni rouler au sol. Bacagnano esquissa un mouvement pour se porter au secours de son chef, mais Ratières lui conseilla gentiment :

– Si j'étais toi, Louis, je ne bougerais pas.

Bacagnano obéit. Saliceto se relevait, essuyant du revers de la main le sang coulant de ses lèvres.

– Tu regretteras, Maspie...

– Assieds-toi! Et, maintenant, parlons un peu du meurtre de Picherande!

De la façon dont les deux malfrats se regardèrent, le policier eut l'impression qu'ils ignoraient la mort de l'inspecteur principal et cela le désarçonna un instant, mais il savait ces deux-là assez rusés pour refuser de tomber dans un piège possible. Toni bougonna :

– Première nouvelle!

– Parce qu'Emma ne t'a rien dit? C'est pourtant chez elle qu'on l'a descendu...

– Quelle Emma?

– La Daurade... C'est ton amie, non?

— On s'est séparé depuis quelques mois. Un peu trop crâneuse pour mon goût.

— Tiens! tiens! Ce n'est pas avec toi qu'elle désirait partir en Argentine?

— Moi, en Argentine? (Il haussa les épaules.) Qu'est-ce que j'irais y foutre?

— Vivre avec l'argent des bijoux volés à l'Italien, avec en plus ceux de la bijouterie de la rue Paradis!

— Vous remettez ça, inspecteur? (Puis, véhément :) Faudrait quand même pas me prendre pour une cloche! Si j'avais toute cette quincaillerie, il y a longtemps que je me serais tiré! Je vous répète que Bastelica a voulu travailler en solo avec cette petite crapule d'Hippolyte Dolo et voilà le résultat! Si j'avais été dans le coup avec Bacagnano, croyez-moi, ça se serait passé autrement!

— Si Emma n'est plus avec toi, tu dois savoir avec qui elle est?

— Non... Je me fous totalement de cette fille... D'ailleurs, il y a pas mal de temps qu'on n'entend plus parler d'elle dans le milieu... pas vrai, Louis?

— Oui.

— A mon idée, inspecteur, elle vit avec un bourgeois cossu...

— Un bourgeois cossu qui tue un policier en guise de distraction?

— Il est peut-être jaloux, cet homme... et il a pu s'être trompé sur les raisons de la visite de votre collègue.

— Les bourgeois cossus, même jaloux, ne se servent pas de couteau! Faudra trouver autre chose, Saliceto!

— Et en quoi ça me regarde, les amours d'Emma?

— C'est ce que je t'expliquerai un de ces jours, car on est pas quitte!

— Là-dessus, je suis d'accord avec vous, inspecteur...

Et cela fut affirmé d'un ton si sec que Jérôme Ratières commença d'avoir peur pour son ami.

Lorsque Pimprenette prit place avec une demi-heure de retard à la table familiale, Perrine, sa mère, ne cacha pas son mécontentement :
– Où étais-tu?
– Avec mon fiancé!
– Encore?
– Comment ça... encore?
– Le coup du fiancé, tu vas nous le faire combien de fois?
– Tu tiens pas à ce que je me marie?
– Oh! que si! mais avec quelqu'un de bien!
– Y a pas mieux que Bruno!
– Bruno Maspie?
– J'ai jamais aimé que lui...
– Après l'affront qu'il nous a infligé à tes fiançailles? Tu n'as donc pas d'amour-propre?
– Si Bruno n'avait pas rappliqué à ce moment-là, je serais coincée avec Hippolyte!
– C'est toi qui l'avais choisi, pourtant!
– Parce que j'étais malheureuse!
Et elle fondit en larmes. Ce que voyant, Dieudonné, son père, demanda d'un ton excédé :
– On pourrait pas manger tranquillement?
Question qui lui valut de voir se tourner contre lui l'humeur agressive de son épouse.
– Naturellement! toi, pourvu que tu t'empiffres, tout le reste t'est égal, y compris le sort de ta fille!
Devant tant de mauvaise foi, face à une pareille injustice, Dieudonné préféra ne pas répondre et Perrine, subitement sans adversaire, dut revenir, déçue, à sa fille.
– Alors, toi, tu veux te marier avec ce flic?
– Et avec personne d'autre!
Mme Hadol eut un soupir de détresse :
– Tu ne nous auras rien épargné!

Pimprenette s'énerva :
– Mais enfin, qu'est-ce que tu lui reproches?
– De t'avoir changée. Il y a pas mal de temps que t'as rien rapporté à la maison!
La jeune fille arbora une mine pudique :
– J'ai décidé de devenir honnête.
– Ça alors, c'est la meilleure! Mais vas-y! dis-le que nous ne sommes pas honnêtes? Pimprenette, tu veux mon opinion de mère : tu respectes plus tes parents! Et toi, Dieudonné, au lieu de la remettre dans le droit chemin, tu préfères te taire et vider les plats?
– Si ça lui chante, à Pimprenette, de crever de faim avec son policier, ça la regarde!
– Mon policier, il crèvera pas longtemps la faim! On parlera de lui dans les journaux quand il aura arrêté le Corse!
– A voir!
– C'est tout vu! Je le connais, moi, Toni! C'est un mauvais!
– Vaï! tout mauvais qu'il est, Bruno est allé le corriger au *Moulin à Vent*, pas plus tard que tout à l'heure!
Et, passionnée, enthousiaste, elle entama une véritable chanson de geste en l'honneur de son Bruno, châtiant les méchants. Dieudonné n'en revenait pas. Il contempla sa fille, puis s'adressant à sa femme :
– Ce garçon est complètement fada! S'en prendre à Saliceto? Il tient donc à mourir avant l'âge?
Mais Pimprenette n'était plus accessible à la crainte tant elle avait foi dans l'invincibilité de son héros.
– Attends un peu que Bruno il remette la main sur Emma Sigoulès... tu sais, m'man, la Daurade?
Perrine prit un air pincé :
– Je connais pas ce genre de femme et même je trouve déplacé qu'une fille bien comme toi, elle en parle!
– Paraît que c'est chez Emma que l'inspecteur Picherande a été tué... Et Emma, elle est l'amie de

Saliceto... Alors, Bruno, s'il coince la Daurade, il l'obligera à parler et té! adieu le Toni! Sûr qu'on lui coupera le cou pour avoir tué l'Italien et ça sera un bon débarras!

Chez les Maspie, Félicie tenait le même genre de propos que son amie Pimprenette à la Montée des Accoules. A sa mère s'inquiétant de son manque d'appétit, elle déclarait :
— Je me fais un brave souci à cause de Bruno!
Aussitôt Eloi rugit :
— Tais-toi! Pas ce nom-là! Défense! Ou je me fâche pour de bon.
Célestine se leva :
— Félicie, suis-moi à la cuisine, tu me raconteras tout sur mon fils parce que moi, je n'ai pas un cœur de pierre comme certains qui devraient avoir honte de vivre!
Sur cette remarque vengeresse, Mme Maspie entraîna sa fille qui lui conta les exploits de Bruno – que Félicie avait appris par Ratières – et les dangers qu'il courait. Bouleversée, Célestine réintégra la salle à manger et prit tout de suite son mari à partie.
— Tu as une idée de ce qui se passe?
— Non, je m'en fous!
— Tu m'écouteras quand même! Bruno est allé casser la gueule du Corse!
Maspie-le-Grand eut bien du mal à affecter l'indifférence, car cette nouvelle lui mettait du baume dans le cœur.
— Et à la police, ils ont peur que Toni il tue ton fils!
— Ils n'ont qu'à le protéger!
— C'est tout ce que tu trouves à répondre? Alors, que ton fils soit égorgé comme un agneau de Dieu, ça te laisse froid?
Non, ça ne le laissait pas froid, Eloi; mais pour rien au monde il n'aurait voulu en convenir.

— Enfin, par sainte Réparade, c'est'y moi qui l'ai fait entrer dans la police? C'est'y moi qui l'ai poussé à déshonorer la famille? Non! Alors pourquoi j'irais me manger les sangs à cause d'un garçon auquel je peux pas penser sans rougir?

— Bon... Ça sera comme tu voudras mais je t'avertis, Eloi : si le Corse touche à un cheveu de mon Bruno, moi je me le tue de mes propres mains et je dirai au juge que tu m'as envoyée parce que t'avais pas le courage!

— Ça m'étonnerait pas de la mère d'un policier!

— Prends garde, Eloi... Si on l'abîme, mon petit, alors, té! je la quitte cette maison et avec elle un homme qu'a rien dans le ventre! qui laisse gifler sa femme par des truands que je voudrais même pas les toucher avec des pincettes! qui envoie son fils aîné à la mort en rigolant!

— Je rigole pas!

— Parce que tu es un hypocrite!

La mémé essaya d'apaiser cette grande colère et, gémissante, s'enquit :

— Et nous deux, le pépé, tu nous laisserais aussi, Célestine?

— Oui, je vous laisserais, parce que je pourrais jamais vous pardonner!

— Mais nous pardonner quoi?

Mme Maspie désigna son mari d'un doigt assuré.

— D'avoir mis au monde cette tarasque!

Ratières n'était pas là lorsqu'un commissaire apporta un billet pour l'inspecteur Maspie. Bruno décacheta l'enveloppe :

Celle que tu cherches, elle est en train de se dorer au soleil sur le balcon de la rue Célina, au 182... Une cache du Corse. Si je n'étais pas là, je me demande comment tu t'en sortirais! Je me mêle de ton histoire uniquement à cause du pastisson que ce salaud de Corse m'a collé... et puis aussi celui qu'il a fait cadeau à ta mère... quoique, à mon avis, elle en mériterait plus souvent, seulement c'est à moi de la corriger, pas aux autres! Ton père qui te renie. Eloi.

Bruno sourit. En dépit de sa tête de cochon, son père l'aimait. Bien qu'il n'ait pas voulu le reconnaître, la mort de Picherande avait dû lui porter un coup. Maspie recommanda à l'homme de service de signaler à l'inspecteur Ratières, sitôt qu'il serait de retour, qu'il se trouvait au 182 de la rue Célina, derrière Notre-Dame de la Garde et qu'il lui demandait de l'y rejoindre le plus vite possible.

Sous la chaleur du soleil de cette première partie de l'après-midi, la rue Célina semblait dormir. Bruno repéra très rapidement le 182. Une petite maison aux volets clos. La porte du jardinet, précédant un perron abrité sous une véranda de verre cathédrale, n'était pas fermée à clef. Cela semblait trop facile, ou bien Emma se croyait à l'abri de toutes les indiscrétions. Maspie attendit d'être de l'autre côté du portail pour sortir son pistolet. Il ne voulait pas être pris à l'improviste comme Picherande. Il monta les trois marches du perron en s'efforçant d'être aussi silencieux que possible. Sans trop de conviction, il tourna la poignée de l'entrée. A sa grande surprise, il ouvrit sans la moindre difficulté. Il se trouvait dans un couloir où s'ouvraient deux portes à droite et à gauche tandis qu'au fond, un escalier montait vers l'étage. Indécis, l'oreille tendue, l'inspecteur hésitait. Pas le moindre bruit. Trop calme. Bruno flairait le danger et s'irritait de ne pouvoir déceler de quel côté il surgirait. Un instant, il eut envie de sortir et d'attendre Ratières, mais il voulait, pour lui seul, le meurtrier de Picherande. Brusquement, il se décida pour la porte de droite. Il s'en approcha tout doucement, mit la main sur le bec de canne d'émail blanc orné de fleurs aux couleurs vives et, poussant le battant d'un geste vif, se recula contre le mur. Mais, il ne se passa rien. Alors, prudemment, il avança la tête pour regarder dans la pièce et étouffa un juron en apercevant Emma Sigoulès étalée devant la cheminée, une flaque de sang sous la tête. La pauvre Daurade n'irait pas en Argentine et, là où elle était maintenant, elle ne risquait plus de parler.

La déception tout autant que l'émotion empêchèrent Bruno Maspie de se tenir sur ses gardes. Il avança d'un pas en direction du cadavre et reçut à ce moment-là un coup sur la tête qui le précipita à genoux avec un épais brouillard devant ses yeux mais, n'ayant pas lâché son pistolet, il eut encore assez de réflexe pour se retourner, distinguer une silhouette à contre-jour sur laquelle il tira. Un cri de douleur se ficha dans sa cervelle. Dans la brume l'entourant, il crut voir son adversaire porter vivement la main à son bras gauche et, avant de sombrer dans l'inconscience, il eut le temps de se dire :

— Je l'ai touché...

En apprenant que Bruno était parti seul retrouver Emma Sigoulès, Jérôme Ratières débita un joli chapelet de jurons qui le firent regarder de travers par le brigadier Oriflet, très porté sur les choses de la religion, puis il se précipita dans une voiture qui l'emmena vers la rue Célina.

Dès les premiers pas dans le jardinet, Ratières devina le drame. Pistolet au poing, il se rua dans la maison, prêt à tirer sur la première personne rencontrée et qui ne lui reviendrait pas. Du seuil de la pièce, il vit les deux corps mais, en dépit de son inquiétude, il entra prudemment et ce n'est que lorsqu'il fut assuré d'être seul qu'il se pencha sur son ami. Il poussa un soupir de soulagement en se rendant compte que Bruno ne souffrait que d'un choc à la tête. Néanmoins, on avait frappé assez fort pour lui ouvrir le cuir chevelu et les rigoles de sang courant sur son visage lui donnaient un aspect assez effrayant. Un simple coup d'œil suffit à Jérôme pour comprendre qu'il ne pouvait rien tenter en ce qui concernait Emma Sigoulès. Il téléphona et quelques instants plus tard une ambulance emmenait Bruno à l'hôpital où l'on allait l'examiner afin de déterminer s'il était atteint ou non d'une fracture du crâne.

Les infirmiers partis, Ratières appela le divisionnaire pour le mettre au courant puis, pour dissiper ses soucis et tâcher de distraire ses pensées du sort de son copain, il examina la pièce où il se trouvait. Lorsque les services spéciaux et Murato se présentèrent, Jérôme avait repéré quelques gouttes de sang sur le plancher près de la fenêtre et qui l'intriguèrent. Retrouvant d'autres gouttes sur le perron, il eut l'idée de renifler le pistolet de Maspie qui était resté sur place et son opinion faite, il put annoncer joyeux à son patron :

— Bruno a blessé son agresseur!

Aussitôt l'ordre fut donné par Murato d'alerter tous les hôpitaux, toutes les cliniques au cas où un blessé par arme à feu se présenterait afin qu'il soit retenu en attendant la police.

Le divisionnaire semblait préoccupé.

— Les voisins prétendent que la maison appartient à un retraité parti depuis deux mois sur la côte d'Azur et qu'ils ne s'étaient absolument pas aperçus que quelqu'un d'autre se soit installé dans la demeure déserte. A mon idée, Emma n'est venue là que pour y recevoir Bruno... Mais pourquoi lui?

— Saliceto lui en voulait spécialement.

— Pour quelles raisons?

Jérôme dut faire le récit de son expédition en compagnie de Maspie au *Moulin à Vent*. Murato piqua une belle colère et jura que, sitôt Bruno rétabli, il le flanquerait à pied pour un satané bougre de temps, et qu'il allait apprendre au dénommé Ratières à jouer au petit soldat. Lorsqu'il eut repris son souffle, il beugla :

— Et comment Maspie a-t-il su que la Daurade l'attendait ici?

Ratières lui tendit la lettre reçue par son ami et qu'il

avait emportée avec lui, ce qui permit au divisionnaire de donner une seconde séance de cris, de hurlements et d'imprécations au sujet de ces débutants qui se moquent de la discipline, méprisent la hiérarchie et, confondant Marseille et le Far-West, s'amusent à jouer les shérifs. Il prit le ciel et la justice à témoins qu'il était décidé à remédier à cet état de choses et qu'il y en a quelques-uns qui allaient se retrouver flics et que ça ne tarderait pas! Sur ce, il prit connaissance du billet adressé à Maspie et immédiatement s'exclama :
– Comment cet imbécile a-t-il pu se laisser prendre à un piège aussi grossier? Bon Dieu de bon Dieu! ça se croit assez malin pour voler de ses propres ailes et ça s'en va donner du nez dans des obstacles qu'un aveugle éviterait! Toni n'est pas assez stupide pour expédier un pareil poulet! Je suis persuadé que jamais le Corse n'aurait cru un de mes inspecteurs assez naïf pour donner dans ce panneau! Qu'on vérifie quand même l'emploi du temps de Saliceto, moi je file dire deux mots à Eloi Maspie et tenter de tirer cette affaire au clair.

Assis dans son fauteuil, Maspie-le-Grand buvait son pastis vespéral en rêvassant à sa gloire passée. Son père lui tenait compagnie et les odeurs qui lui arrivaient de la cuisine lui apprenaient que sa mère et sa femme préparaient une soupe au pistou. Il en souriait d'aise, car il était aussi gourmand. Un coup de sonnette impérieux l'arracha à son agréable engourdissement mais ne le troubla guère, et surtout ne l'incita pas le moins du monde à bouger. Il se contenta d'annoncer d'une voix forte :
– Célestine!
Mme Maspie se montra sur le seuil de sa cuisine.
– Qu'est-ce qu'il y a?
– On a sonné.
– Et alors?
– Peut-être il faudrait voir qui c'est?

— Et tu pourrais pas te déranger, des fois?
— Moi?

L'hypothèse parut si énorme, si monstrueuse, qu'Eloi ne trouva pas de réponse — de même que le croyant à qui l'on viendrait raconter des choses abominables sur Jésus. Une sorte d'hérésie, la remarque de Célestine, voilà ce qu'elle était! Maspie-le-Grand se contenta de pousser un soupir désabusé et de dire à son père :

— On me respecte plus... Ça doit être l'époque qui veut ça...

Ce que voulait le commissaire divisionnaire Murato, c'était savoir pour quelle raison on le laissait poireauter à la porte. Il fonça dans le salon-salle à manger en beuglant comme à son habitude :

— Et alors, quoi?... Vous fabriquez de la fausse monnaie?

Célestine, qui prenait toujours tout au pied de la lettre, s'exclama, horrifiée :

— Oh! monsieur le commissaire, comment pouvez-vous penser une chose pareille?

La colère de Murato s'en trouva coupée et, se tournant vers Eloi, le policier, presque attendri, remarqua :

— Il n'y en a plus qui ressemblent à ta femme, Maspie, et tu as été un sacré misérable de lui faire passer en prison tout le temps qu'elle y a passé!

Très digne, Eloi se leva.

— Commissaire! Je vous permets pas de...
— Fous-moi la paix!

En un autre temps, Maspie-le-Grand eut regimbé, mais il ressemblait à un homme résigné à son sort et qui aurait regardé Noé s'embarquer dans son arche pendant que les eaux du déluge montaient, ensevelissant une civilisation où il avait été quelqu'un.

— C'est toi qui as expédié ce papier?

Le divisionnaire lui tendit la lettre reçue par Bruno. Eloi en prit connaissance et demanda :

– Non... Qu'est-ce que ça signifie?
– Que quelqu'un a voulu se faire passer pour toi.
– Dans quel but?
– Afin d'attirer ton fils dans un piège!

Le cri déchirant de Célestine secoua Murato. Sans poser la moindre question, sans réclamer le plus petit éclaircissement, elle fonça sur son mari.

– Canaille! Maudit! Tu l'as tué, mon Bruno, hé?

Célestine Maspie, trouvant dans son désespoir la force de secouer un joug qu'elle subissait depuis trente années, se rua sur son époux, les griffes en avant. Murato n'eut que le temps de l'empoigner au passage, tandis que le pépé invectivait sa bru, que la mémé suppliait sainte Reparate d'apparaître pour éviter un massacre. Seul Eloi ne pipait mot, car il était tellement stupéfait qu'il en oubliait d'avoir peur.

Tenant Célestine à bras le corps, Murato s'apprêtait à lui adresser un discours calmant lorsque la porte s'ouvrit et une nouvelle tempête de cris, de pleurs, d'invocations à la Bonne Mère, à son glorieux Fils, à tout l'état-major des armées célestes, déferla dans la pièce en la personne de la jeune Pimprenette ébouriffée, ruisselante de larmes et hurlant entre deux gémissements :

– Le Corse a tué Bruno! C'est Ratières qui me l'a dit!

Cette annonce dramatique eut pour effet immédiat de galvaniser les forces de Célestine qui, s'arrachant à l'étreinte du commissaire divisionnaire, se précipita vers Eloi qui l'accueillit avec une paire de gifles qui l'envoya sur le derrière. Pendant ce temps, Murato rugissait qu'il foutrait Ratières à la porte de la police pour avoir révélé les secrets de l'instruction, que Bruno n'était pas mort, mais seulement blessé et qu'il voudrait bien comprendre pourquoi on accusait Toni Saliceto! Personne ne lui répondit, car personne ne l'écoutait. Pimprenette expliquait à la mémé qu'elle se disposait à entrer au couvent, car elle ne se sentait plus le goût de vivre en l'absence de Bruno, et Célestine, relevée, rappelait à son mari tous les sacrifices qu'elle avait consentis pour son bien-être et lui reprochait amèrement de la remercier en la frappant sauvagement. Après avoir tué son fils, souhaitait-il se débarrasser de la mère? Maspie-le-Grand, sur le plus haut registre que sa voix pouvait atteindre, prenait l'engagement, devant les saints qu'il connaissait plus particulièrement, de se livrer à une véritable tuerie pour peu qu'on lui parle encore de ce renégat de Bruno. Renonçant à être entendu dans ce charivari, Murato s'assit dans le fauteuil abandonné par son hôte, se versa un pastis et le portait à ses lèvres quand, de nouveau, la porte s'ouvrit avec une telle violence qu'il répandit une partie du liquide sur son plastron de chemise, ce qui acheva de le rendre furieux et l'incita à joindre sa voix au concert ambiant, dans le vain espoir d'être enfin écouté. Espoir d'autant plus vain que Félicie arrivait pour augmenter, de toute la puissance de ses cordes vocales, les prières, regrets, supplications à la mémoire de Bruno Maspie leur fils, petit-fils, frère et fiancé.

Au bout de cinq minutes, épuisé, Murato était retombé dans le fauteuil. Soudain, l'idée salvatrice l'illumina. Il empoigna le téléphone, composa le numéro et demanda à parler au directeur de l'hôpital qui lui affirma ne pas très bien l'entendre. Rassemblant toute l'énergie dont il était capable, le policier hurla :

— Bruno Maspie est-il mort?

D'un bloc, un silence complet s'abattit sur les jouteurs et Murato soupira d'aise. Il écouta longuement ce qu'on lui racontait au téléphone, remercia et raccrocha en ayant l'impression que tous ceux qui l'observaient avaient cessé de respirer. Cependant, le regard de Célestine l'émut et il se décida :

— Bruno Maspie reprendra son service dans quarante-huit heures... Il n'a été qu'assommé. Il n'y a pas de fracture du crâne... Et maintenant, si nous parlions de Toni Saliceto?

Le nom du Corse déchaîna un nouveau charivari où les imprécations remplaçaient les prières, les appels à la vengeance se substituaient aux supplications, et le commissaire, hors de lui, se laissa une fois encore aller à sa nature colérique. Les voisins, n'osant intervenir, s'interrogeaient quant aux chances qu'il restait de retrouver vivant un seul membre de la famille Maspie.

Lorsqu'une heure plus tard, Murato abandonna le logement des Maspie, il paraissait tout ensemble hagard et épuisé. Il emportait cependant une certitude : Eloi n'était pour rien dans le piège où son fils avait chu et, parmi toutes les injures et menaces lancées à l'adresse de Toni, il n'avait pas trouvé le moindre indice tendant à démontrer la culpabilité du Corse. En bref, après la mort de Picherande, l'attentat dont avait été victime Bruno et la mort d'Emma Sigoulès, il ne se trouvait pas plus avancé que le jour où on avait repêché le corps de Tomaso Lanciano dans le Vieux-Port. Fort déprimé, le commissaire divisionnaire rentra se coucher après avoir absorbé quelques comprimés d'aspirine.

Au même moment, ayant récupéré une partie de son autorité, Maspie-le-Grand adressait une brève harangue à son clan autour de lui rassemblé.

– En choisissant, au mépris de l'honneur de sa famille, le métier qu'il a choisi, celui qui était mon fils s'exposait à des dangers qu'il pouvait pas ignorer et je vois pas pourquoi je le plaindrais! Célestine, tais-toi! Pimprenette, cesse de renifler, tu m'énerves! Mais ce que je permets pas, c'est qu'un salaud se soit autorisé à se servir de ma personne pour attirer celui qui fut mon fils – et qui n'est plus que ma honte vivante – dans un traquenard. J'aviserai! Et maintenant, plus un mot! Pimprenette, rentre chez toi, Félicie, mets la table,

Célestine, prépare la soupe, mémé, sers-nous un pastis au pépé et à moi!

Vers 22 heures, les femmes s'étant retirées, le pépé et Eloi demeurèrent seuls. Maspie-le-Grand, regardant fixement l'auteur de ses jours, sollicita son avis :
– Et alors, qu'est-ce que tu en penses?
Le vieux médita deux ou trois secondes, puis :
– Je crois que cette fois on est obligés... pour notre réputation. Et aussi pour le petit.

VI

En quelques minutes, Maspie-le-Grand et son père gagnèrent la rue Henri-Barbusse et, lorsque Zé, le patron du bistrot où logeait Saliceto, vit entrer ces deux hommes, il ne les reconnut pas tout de suite. Il faut souligner que Zé, ressemblant à un champignon de couche blanc et légèrement visqueux, était d'humeur plutôt casanière et qu'il s'étiolait avec délices dans son antre où le soleil ne pénétrait jamais. Dans un sens, ce tout vieux avec un fusil à la bretelle l'aurait plutôt porté à rire, mais l'autre, le grand maigre, en dépit de ses cheveux gris, il n'avait pas l'air commode. Toutefois, pas une seconde il ne lui vint à l'esprit que Saliceto et Bacagnano, ces tueurs patentés, couraient le moindre risque par suite de l'arrivée, dans son établissement, de deux olibrius. Mais lorsque dans sa mémoire, ralentie par suite de l'usage constant d'alcools variés, la certitude s'imposa qu'il se trouvait en face de Maspie-le-Grand, Zé se sentit mal à l'aise. Toutefois, la présence de quelques clients, dont la plupart avaient d'assez sinistres exploits à leur actif, empêcha Zé d'aller alerter Toni. Il ne tenait pas à paraître ridicule.

Eloi et son père s'approchèrent du comptoir et le patron, se forçant à une amabilité qui n'était pas dans son caractère, s'enquit :

– Qu'est-ce que je vous sers ?
– Rien.

Zé et Maspie se regardèrent dans le blanc des yeux. Le premier, Zé baissa les paupières. Les consommateurs, se doutant de quelque chose, se retournèrent pour contempler la scène. Le patron tint à crâner.

– Si vous prenez rien, qu'est-ce que vous foutez ici? Mon bistrot, c'est pas un asile de nuit, si c'est ça que vous cherchez!

La gifle que lui assena Maspie claqua comme un coup de fouet. Zé se cramponna au comptoir pour ne pas tomber. Eloi expliqua :

– Tu as une drôle de manière de recevoir la clientèle, Zé! Où est Toni?

– Qu'est-ce que vous lui voulez?

– Et en quoi ça te regarde, malheureux?

– Je... je le préviens.

Déjà, il se dirigeait vers la porte donnant sur l'arrière-salle, lorsque Eloi l'empoigna par le col de sa chemise et le tira violemment en arrière, l'étranglant à moitié.

– Pas besoin! On s'annoncera tout seul! Amène-toi, pépé!

– Je te suis, petit.

Toni Saliceto et Louis Bacagnano étaient plongés dans des comptes apparemment compliqués quand Eloi ouvrit la porte d'un coup de pied. Les deux truands en bâillèrent d'étonnement. C'était surtout le vieux avec sa pétoire qui leur coupait le souffle. Enfin, Toni, recouvrant ses esprits, demanda :

– Ça rime à quoi, tout ça, Maspie?

– Je te rends ta visite de l'autre jour.

– Tu cherches la bagarre?

Et, mi-méprisant, mi-railleur, il ajouta, désignant le pépé d'un mouvement dédaigneux du menton :

– ... Avec l'ancêtre?

Le pépé ôta son fusil de l'épaule et Bacagnano se leva. Les choses prenaient tournure.

– Toni, tu es un salaud.

— Tu serais bien inspiré de me parler sur un autre ton !

— T'as tué Picherande, t'as tué la Daurade...

— C'est pas vrai et, quand même que ça serait vrai, tu ne fais pas partie de la police comme ton fils, par hasard ?

— Non, mais justement, tu as essayé de tuer mon fils et ça, Toni, tu vas le payer !

Maspie-le-Grand sortit un couteau de sa poche. Presque au même moment, Saliceto eut le sien bien en main. Il y avait longtemps que Toni ne s'était plus battu pour défendre sa vie et il ne se sentait pas tellement rassuré. Bacagnano, devinant le désarroi de son chef, prit un couteau à son tour. Au moment où Saliceto et Eloi s'empoignaient, il voulut se porter au secours de son patron, mais le pépé se dressa devant lui. D'une bourrade brutale, Louis envoya le vieux sur son derrière. Geste malheureux, car le pépé tomba sans lâcher son fusil et, comme il avait le doigt sur la gâchette, le coup partit et Bacagnano reçut toute la décharge dans le ventre. Sur l'instant, il eut l'air surpris, puis il porta les mains à son abdomen, regarda Toni comme pour lui demander ce que cela signifiait, puis bascula en avant. Saliceto, distrait par l'aventure personnelle de son lieutenant, oublia de demeurer sur ses gardes et le couteau de Maspie lui enleva la moitié de l'oreille droite. Toni poussa un cri de douleur et se réfugia derrière la table.

— Ma... Maspie... tu... tu vas pas... me... me tuer ?

— Et pourquoi pas ?

Zé et les clients du bar s'étaient précipités. Ils assistèrent à la défaite de Saliceto qui, de ce moment-là, ne fut plus rien pour la pègre marseillaise. La police prévenue par un indicateur, se présenta en force et emmena tout le monde, sauf le cadavre qu'on laissa sous l'inutile surveillance de deux agents qui devaient attendre les services spéciaux.

Le commissaire divisionnaire Murato frisait l'apoplexie, sous les yeux effarés de l'inspecteur Ratières et en présence de Maspie-le-Grand et du père de ce dernier.

— Ridicules! Voilà ce que nous sommes! On se tue presque devant nous et nous ne sommes même pas capables d'arrêter ce massacre! Lanciano, Picherande, Emma Sigoulès et maintenant Bacagnano! Sans compter Maspie à l'hôpital! C'est pire que dans le Chicago de la belle époque! Et si vous vous imaginez, Ratières, qu'au-dessus de nous on se concerte pour savoir quel genre de félicitations on va nous adresser, eh bien! vous vous trompez! (Il se tourna brusquement vers Eloi :) Et vous, il a fallu que vous vous en mêliez!

— L'honneur des...

— Taisez-vous! Il y a des mots qui devraient vous brûler la bouche!

— Permettez!

— Non, n'essayez pas de m'impressionner, Maspie! Une parfaite crapule, voilà ce que vous êtes! un gibier de prison, et rien d'autre! Quant à vous, le pépé, tuer votre semblable alors que vous devriez être en train de manger des bouillies, c'est proprement scandaleux!

Maspie le père se redressa :

— Allez, vaï! je suis pas encore gâteux! Et d'abord, ce Bacagnano, c'était un moins que rien!

— Et vous, alors?

— Moi? J'ai pas de sang sur les mains!

— Et Bacagnano? Ce n'est pas vous qui l'avez expédié, par hasard?

— Un accident!

— Voyez-vous ça!

Très digne, le pépé entreprend le récit de la mort de Louis Bacagnano et conclut :

— C'est un accident, monsieur le commissaire... Je peux pas dire que je le regrette, mais c'est un accident...

— Et vous expliquerez au tribunal que vous aviez

emporté votre fusil pour aller à la pêche, sans doute?

– Une précaution, monsieur le commissaire, rien d'autre qu'une précaution... Et sans cet accident, le Bacagnano, il me supprimait mon fils, monsieur le commissaire! Me reprocheriez-vous mon amour paternel?

Excédé, Murato leva les bras au ciel.

– Mais, qu'est-ce que j'ai bien pu faire à la Bonne Mère pour qu'elle m'ait envoyé dans cette ville maudite? Et vous, Eloi Maspie, pourquoi vous rendiez-vous chez Toni Saliceto?

– En vue de le corriger, monsieur le commissaire.

– A cause?

– A cause qu'il m'a à moitié tué mon fils et qu'il a tué l'inspecteur Picherande qui était mon ami.

– Ah! je vous en prie!

– Enfin, disons une bonne relation.

– Vous avez la preuve que Saliceto est coupable?

– La preuve exacte, non, mais qui ça pourrait être d'autre?

– C'est justement ce que nous essayons de savoir, figurez-vous!

– Pour moi, c'est Toni.

– Votre opinion n'a aucune importance... De plus, votre fils a blessé son agresseur et Saliceto comme Bacagnano ne portent aucune blessure récente. A cause de son âge et parce que je veux bien admettre qu'il a tué Bacagnano par accident, en attendant la décision des juges, je laisse le pépé en liberté provisoire, mais qu'il n'essaie pas de filer, hein?

Le vieux haussa les épaules.

– Où c'est que j'irais?

Murato négligea la réponse et s'adressa à Eloi.

– Quant à vous, Maspie, c'est à cause de votre fils que je ne vous boucle pas, mais tâchez de rester tranquille. Si Saliceto porte plainte, je vous envoie aux Baumettes!

— Où c'est qu'il a touché son assassin, le petit ?
— Sans doute au bras, ou à l'épaule, ou à la jambe, car nulle part on n'a relevé trace d'un blessé sérieusement touché et qu'on aurait soigné.

Chez les Hadol, on était bouleversé par l'attitude de Pimprenette. Elle refusait toute nourriture, pleurait ou gémissait au point de rendre sa mère à moitié folle. A bout de nerfs, Perrine empoignait sa fille par les épaules et la secouant, cria :
— Misère de moi, tu as fini de jouer les veuves, dis, tête de bois ? Il est pas mort ton Bruno ! On lui a juste un peu fêlé le crâne, il en sera pas plus fada qu'il l'était !

A ce genre de consolation bien particulier, Pimprenette répondait par une sorte de hurlement prolongé bien qu'en mineur, mais dont les résonances sinistres angoissaient les voisins. Perrine se bouchait les oreilles, beuglant à son tour que si cela devait continuer de la sorte, il faudrait lui passer la camisole de force ! Dieudonné essayait vainement de ramener sa femme et sa fille à une plus juste compréhension des événements. Mais il se faisait rabrouer. L'une l'accusant de se moquer de son avenir, l'autre de n'être qu'un bon à rien, n'ayant pas plus de sensibilité qu'un supion passé à la friture. Ecœuré, Hadol quittait la maison et s'en allait sur le port bavarder avec ses équipages. Perrine essaya de trouver dans ses comptes un oubli momentané à ses disgrâces de mère et d'épouse, tandis que sa fille arrivait la première à l'hôpital, au moment des visites, pour en partir la dernière.

Bruno qui s'en tirait avec une forte commotion et de nombreux points de suture sur le cuir chevelu, se sentait revigoré par la présence de la petite.
— Tu sais, ma Pimprenette, au fond je suis bien content d'avoir été blessé.
— Ce qu'il faut entendre, doux Jésus ! Et pourquoi ?

Si tu étais mort, qu'est-ce que je serais devenue? Le noir, ça me va pas...

— Maintenant, je suis convaincu que tu m'aimes.

— Tu n'avais pas besoin de te faire à moitié tuer pour ça!

Ce genre de discussion qui se renouvelait chaque jour, se terminait par des baisers passionnés qui mettaient le feu aux joues du garçon et élevaient sa température. Le lendemain de la mort de Bacagnano, Eloi se présenta dans la chambre de son fils. Bruno en témoigna une joie profonde qui n'échappa pas à Maspie-le-Grand et lui causa un plaisir qu'il s'efforça de dissimuler.

— Je suis venu prendre de tes nouvelles.

— C'est fini. Je pense sortir après-demain. J'aurai droit à une convalescence...

— C'est ta mère qui m'a envoyé. Pourquoi elle se ronge... Elle te voyait déjà au cimetière... Ça va, Pimprenette?

— Ça va, monsieur Maspie, merci.

— Je sais pas si c'est bien correct que tu sois là?

— Bruno, c'est mon fiancé. C'est naturel que je le réconforte, non?

— Le réconforte pas trop, ma fille! Il me semble pas qu'il en ait tellement besoin!

— Et vous alors, pourquoi vous êtes là?

— Parce que c'est mon fils et que je suis pas un père dénaturé, même si ce fils il m'inflige toutes les hontes! Je suis pas là par tendresse, mais par dignité! Je voulais pas qu'on puisse raconter que Bruno Maspie il était à l'hôpital et que son père il s'était pas dérangé.

— En somme, Bruno, vous l'aimez pas?

— Ça te regarde pas, espèce de casse-pieds!

— Je vais vous annoncer une chose, moi : quand on sera marié nous deux, Bruno et moi, on s'en ira!

— Et où vous irez?

— Là où vous entendrez plus parler de nous! On

n'est pas des mendiants! Si la famille Maspie elle veut pas de nous, nous, on se passera d'elle!

Ulcéré, Eloi se tourna vers son fils :
– Tu entends comme elle me cause?
– Allez, vaï, papa, embrasse-moi.
– Après ce que tu m'as fait? Après que t'as réduit à rien l'honneur des Maspie? Après que tu as gâché ma vieillesse? Tu as un sacré culot, té!
– Comme tu voudras, mais si jamais je mourais au cours d'une rechute, t'aurais des remords!

Cette perspective obligea Pimprenette à fondre en larmes tandis que Maspie-le-Grand s'affolait :
– Ce serait-y que tu te sens pas bien?
– Je me sens pas bien quand mon propre père il refuse de m'embrasser!
– C'est pas ton père qui refuse de t'embrasser, Bruno, mais Maspie-le-Grand que tu as déshonoré!

Pimprenette se colla contre le père outragé pour lui murmurer d'une voix langoureuse :
– Monsieur Maspie... Vous pouvez pas me refuser, à moi, hé? Tous ceux qui sont cognés sur la tête, ils meurent ou ils restent idiots...

Gravement, Eloi murmura :
– Tu crois qu'il va rester idiot?
– Ça se pourrait...
– Pauvre... mais dans le fond, Pimprenette, ça m'étonnerait pas... il a toujours eu des dispositions à l'idiotie, ce petit... Est-ce qu'il fallait pas être idiot pour entrer dans la police?
– C'est mon avis... Mais un garçon un peu idiot, monsieur Maspie, on peut pas lui en vouloir comme à un autre, hé? Embrassez-le, monsieur Maspie, qu'il se sente plus abandonné!

Eloi hésita, puis :
– Si tu me prends par mes sentiments philanthropiques, Pimprenette, c'est autre chose... (Il s'approcha de son fils.) Bruno... je me sens un peu responsable de ta déficience mentale et c'est pourquoi je consens à

t'embrasser mais méfie! je t'embrasse pas pour te pardonner! je t'embrasse pour te demander pardon de t'avoir mal fabriqué...

Bruno, au moment où son père se penchait vers lui, le repoussa brutalement et se mit à crier :

— Ton baiser, tu peux te le mettre où je pense! Idiot, moi? Non, mais dis, tu m'as pas regardé? Peut-être que je suis idiot, mais je suis tout de même assez intelligent pour m'être rendu compte que mon père c'est un grand bon à rien qui a rendu ma mère malheureuse toute sa vie, qui a eu des enfants qui ont toujours regretté de ne pas être orphelins... A cause de toi, on a été élevé comme des voyous, à cause de toi, on n'a pas pu respecter nos parents comme on nous l'enseignait à l'école, parce qu'on respecte pas des parents qu'on voit partir de la maison, les menottes aux poignets! Et maintenant, fiche le camp, Maspie-le-Grand! Pour moi, tu n'existes plus! Quant à toi, Pimprenette, je voudrais pas t'obliger à épouser un idiot! Je souhaite pas que tu risques de mettre au monde des petits idiots dont je serais le père! Alors, va-t'en avec lui! Vous êtes de la même race, il te trouvera le mari qu'il te faut!

Et, sur ces fortes paroles, Bruno s'enfonça dans son lit et rabattit les couvertures sur sa tête afin de bien témoigner, au vu et au su de tous, qu'il entendait n'avoir plus aucun contact avec des gens qui le dégoûtaient. Sous l'avalanche, Eloi était resté figé. Cette révolte et les choses terribles que son propre fils lui jetait à la figure le contraignaient à douter des belles certitudes qui l'avaient accompagné tout au long de son existence. Quant à Pimprenette, une pareille incompréhension de la part de son fiancé la suffoquait. Elle se jeta littéralement sur le corps dissimulé sous les draps en criant :

— Mais c'était pour te faire plaisir!

Bruno jaillit de son abri :

— Parce que tu estimes que ça doit me faire plaisir d'être traité d'idiot?

Indifférent à cette querelle sur l'issue de laquelle le doute n'était pas permis, Maspie-le-Grand sortit de la chambre. L'œil atone, la lèvre pendante, l'épaule voûtée, il ne comprenait pas encore bien ce qui lui arrivait; il traînait le pas dans le couloir de l'hôpital quand, passant devant une chambre entrouverte, il reconnut Toni Saliceto. Alors, de nouveau, la colère flamba chez Eloi. Il entra chez le Corse qui, à sa vue, voulut appeler au secours, mais Maspie bondit, lui mit la main sur la bouche et sortant son couteau le lui posa sur la gorge, tandis qu'il grondait à son oreille :

— Maintenant, tu me dis qui a voulu tuer mon fils? Qui a tué Picherande et la Daurade? Qui a tué l'Italien pour lui voler ses bijoux? Si tu cries, Toni, je jure devant la Bonne Mère que je te saigne comme un poulet!

La sueur ruisselait sur le visage de Saliceto en proie à une irrépressible panique. Maspie ôta sa main et le malade — il lui manquait un bout d'oreille et il souffrait d'une jaunisse — gémit :

— Crois-moi, Maspie... Au point où j'en suis, pourquoi je mentirais? Bacagnano est mort, Bastelica est en prison pour tellement longtemps que je le reverrai plus... Je pourrais te dire que c'est Bacagnano le meurtrier, mais c'est pas vrai... Je te jure que je sais pas, Maspie... Je te le jure sur la tête de ma défunte mère! et même je voudrais bien savoir quel est l'enfant de p... qui a commis tous ces meurtres et fauché les bijoux, parce que c'est à cause de lui que le malheur nous est tombé dessus! Sans lui, Bastelica serait pas au frais pour le reste de ses jours, car la police aurait été moins sur les dents... Bacagnano serait pas mort et moi j'aurais mes oreilles intactes et tu serais pas là à menacer de me couper le cou que j'en ai des palpitations à secouer l'hôpital tout entier.

— Et tu n'as pas une petite idée?

– Pas une et j'en crève de rage! Ce salaud, j'aimerais le tenir entre mes mains, té!

– Moi, je l'y tiendrai à un moment ou à un autre, et ce jour-là...

Rue Longue-des-Capucins, la soirée était morne. Tassé dans son fauteuil, Eloi fumait sa pipe en silence et les autres, devinant que son mutisme inhabituel trahissait quelque chose de grave, n'osaient pas lui parler. Félicie s'en fut se coucher très tôt pour pouvoir rêver à Jérôme Ratières en toute tranquillité, les deux vieux se retirèrent de bonne heure et Maspie-le-Grand demeura en la seule compagnie de sa femme. Célestine laissa passer un bon moment puis, à son tour, se leva en disant :

– Je me sens un peu lasse... Je vais me coucher. Tu n'as plus besoin de rien, Eloi?

Il ne répondit pas. Elle soupira et s'écarta vers la porte donnant sur leur chambre.

– Célestine?

Elle se retourna :

– Qu'est-ce que tu veux?

– Célestine... c'est vrai que je t'ai rendue malheureuse?

Elle s'attendait si peu à cette question qu'elle en demeura toute saisie. Elle ne put que répéter.

– Malheureuse?

– Oui... malheureuse. Cet après-midi, on a prétendu que j'avais été un mauvais mari, un mauvais père... un malfaisant, quoi!

Elle le sentit désemparé, peut-être pour la première fois de sa vie, et elle revint vers lui pour lui prendre la main :

– Qui c'est qui t'a dit ces horreurs?

Il leva vers elle un regard où elle crut apercevoir un léger voile qui ne se décidait pas à devenir larmes.

– Bruno...

Immédiatement, en dépit de la grosse peine qu'elle devinait chez Eloi, elle fut du côté de son fils.

– Si c'est Bruno, alors c'est différent!

– Parce que c'est ton fils, il a forcément raison, hé?

Pour cette remarque acerbe, Maspie-le-Grand retrouvait son ton autoritaire. Ce fut une erreur de sa part, car cela délivra Célestine de sa timidité naturelle devant son mari.

– Puisque tu me demandes, Eloi... C'est vrai, j'ai pas été heureuse... mais ç'a été aussi bien ma faute que la tienne.

– Et pourquoi que t'as été malheureuse?

– Parce que je t'aimais bien, Eloi, et que j'ai pas cessé de trembler pour toi... Tu penses un peu à toutes les années que nous avons vécues en prison, séparés l'un de l'autre? On n'a pas eu de jeunesse... Tu t'es fait boucler quinze jours après notre mariage... et moi j'ai accouché de Bruno à l'infirmerie des Baumettes... Nos enfants, on les a pour ainsi dire pas connus... Ils sont devenus grands sans qu'on s'en aperçoive... Qu'ils nous en aient pas une grande reconnaissance, c'est normal. On n'a pas été des parents, Eloi... et ce qui me crève le cœur, c'est qu'Estelle, elle est partie pour vivre la même existence... Et si Bruno ne s'occupe pas personnellement d'Hilaire, il deviendra un voyou comme...

Elle s'arrêta brusquement et son mari termina pour elle la phrase commencée :

– ... Comme moi?

– Comme nous.

Ils se turent. Ils n'avaient plus rien à se confier. Célestine voulut embrasser son époux, mais il la repoussa doucement :

– Va te coucher, Célestine...

Sa femme partie, Maspie-le-Grand demeura dans son fauteuil. Les derniers bruits de la rue s'éteignirent et bientôt, dans le silence nocturne, il ne perçut plus que le ronflement de son père, dont le fait d'avoir tué Bacagnano ne troublait pas le sommeil. Il est vrai qu'à l'âge du pépé, la mort d'un homme n'a pas grande importance.

Vers 6 heures du matin, Eloi, qui avait fini par s'assoupir dans son fauteuil, se réveilla courbatu. Il se leva avec peine et s'en fut procéder à une longue et minutieuse toilette qui lui nettoya le corps mais lui laissa l'âme barbouillée. A cinquante-cinq ans, c'est dur de dresser le bilan d'une existence qu'on s'imaginait à l'abri de tout regret et qui, brutalement, vous apparaît manquée. Après avoir pris un petit déjeuner composé d'olives, de saucisson et de café noir, Maspie éprouva le besoin de se confier à quelqu'un susceptible de le comprendre, de le rassurer, de lui dire que Bruno avait menti. Tout naturellement, alors, il pensa à son plus vieux copain, Dieudonné Hadol.

Dans un beau matin tout neuf, Marseille recommençait à vivre et à rire. Seul le commissaire divisionnaire Murato ne se sentait pas d'humeur joyeuse. Sur la fin de sa carrière, il redoutait de terminer sur un échec et quel échec! Trois cadavres et un million de bijoux! C'était plus qu'il n'en fallait pour faire oublier à des supérieurs ingrats toute une existence de fonctionnaire loyal, ayant appris durement son métier pour l'exercer avec courage et sagacité. Dans les cadres de la Sûreté Nationale, comme dans toutes les autres administrations, on perd vite la mémoire des services rendus. La perspective d'un départ sans éclat ressemblant presque à une fuite barbouillait le cœur de Murato et lui rendait le foie extrêmement sensible.

Jérôme Ratières ne paraissait pas partager les soucis de son chef. Tout en nouant sa cravate, il sifflait à tue-tête une rengaine à la mode. Il se fichait pas mal de Lanciano, de la Daurade, et si sa gorge se serrait un peu en pensant à Picherande, il était trop heureux pour ne pas se montrer égoïste, voire ingrat. Tout, pour lui, perdait de l'importance, s'effaçait devant le grand événement du jour : Félicie allait dire à son père qu'elle entendait devenir la femme de Jérôme !

Dans son lit retrouvé, Toni Saliceto s'interrogeait avec angoisse sur son avenir. Il ne nourrissait plus aucune illusion : il n'imposerait plus sa volonté à qui que ce fût. Privé de ses deux lieutenants, à ses côtés depuis dix ans, il se sentait désespérément seul et diminué. L'âge lui avait donné suffisamment le goût d'un certain confort pour qu'il ne puisse plus y renoncer. Sa part du butin sur le pillage de la bijouterie de la rue Paradis ne lui serait pas d'un grand secours, car la police surveillait étroitement les recéleurs qui, de leur côté, se sentant surveillés, refuseraient toute proposition éventuelle. N'ayant en rien participé au meurtre de Tomaso Lanciano – en dépit de ce que certains pouvaient croire –, Toni se voyait très mal parti et, pour la première fois depuis sa lointaine arrivée à Marseille, il se remit à songer mélancoliquement à son cousin Antoine, douanier de son état, s'approchant paisiblement de la retraite qui lui permettrait de retourner au pays.

Bruno, levé de très bonne heure, se hâtait de ranger ses affaires, sa toilette terminée, afin de ne pas perdre une minute lorsqu'on viendrait lui apporter son bulletin de sortie. Il était certain que Pimprenette serait devant le porche d'entrée pour lui ouvrir les bras. Pimprenette... Rien qu'à prononcer ce prénom inventé, le garçon sentait une grande douceur l'amollir.

Depuis l'aube, un vent de folie soufflait chez les Hadol. La demoiselle de la maison ne cessait de monter et de descendre les escaliers, de chanter, d'interroger, de lancer des remarques plus ou moins intelligentes, de se plaindre, de remercier, de gémir sur le passé, de prophétiser sur l'avenir au point qu'au bout de deux heures de ce manège, la forte Perrine elle-même s'était assise accablée sur une chaise en suppliant sa fille :

— Pour l'amour de Dieu, Pimprenette, arrête-toi un moment, tu me flanques le tournis!

Mais Pimprenette était bien trop préoccupée par ses amours pour se soucier des autres. Quant à Dieudonné, toujours aussi paisible, il se tenait en dehors du remue-ménage, préparant ses filets, car c'était son jour de pêche. D'ici une heure, il allait embarquer dans son canot à moteur, passer la journée au Château d'If entre ciel et mer, en prenant du poisson — du moins il l'espérait — et en savourant une tranquillité dont il était ordinairement privé. Sa femme l'apostropha.

— Tu pourrais pas dire à ta fille de se calmer un moment?

Dieudonné haussa les épaules pour bien témoigner qu'il n'entendait pas se mêler à cette histoire. Ce renoncement égoïste fit bouillir Perrine.

— Bien sûr, toi, ça t'est égal. Pimprenette devient à moitié fada et toi, tu vas à la pêche! Ça serait une belle leçon pour toi, ma petite, si tu étais en état de comprendre quelque chose! Mais, mademoiselle marche sur les nuages! Mademoiselle se figure avoir déniché la perle des perles! Comme les autres, ton Bruno, voilà ce qu'il est! Et, un jour, il te laissera à la maison pour astiquer ou pour gagner l'argent du ménage tandis que lui, il ira à la pêche!

— C'est pas vrai!

Les joues en feu, Pimprenette se dressait devant sa mère, prête au combat pour défendre son Bruno. Perrine se disposait à la rappeler au respect dû à l'auteur de ses jours lorsque, brusquement, elle renonça:

— Allez, vaï! Faut que tu fasses ton expérience, toi aussi... Tu auras tout le temps de pleurer, après...

Jérôme se hâtait, dans le soleil, vers son rendez-vous avec Félicie avant qu'elle n'entre dans son salon de coiffure. Pimprenette, en faction devant l'entrée de l'hôpital, regardait d'un œil mauvais tous ceux qui en sortaient et qui n'étaient pas son Bruno. Le commissaire divisionnaire buvait sans y prêter attention le café que sa femme lui avait préparé avec soin. Toni se demandait toujours ce qu'il pourrait bien faire de sa journée. Célestine, bourrelée de remords, préparait des pieds-paquets pour son Eloi, dans l'espoir qu'il lui pardonnerait sa franchise de la veille. Perrine Hadol se remettait avec un soupir à ses comptes, tandis que son mari achevait de rassembler son attirail, et Maspie-le-Grand, préoccupé, avançait d'un pas paisible en direction de la Montée des Accoules pour demander à son copain Hadol de le consoler.

Il était tout près de midi. Dieudonné avait mis en panne depuis longtemps et, aidé d'Eloi, pêchait tranquillement. Tout en tirant sur le petit filet dont les deux hommes se servaient, plus pour se distraire que pour ramener du poisson, Maspie se demandait pourquoi les Hadol l'avaient aussi froidement accueilli quelques heures plus tôt. Pour Perrine, cela pouvait s'expliquer par le travail qui l'accablait du matin au soir et parfois la nuit quand il lui fallait réceptionner des chargements illicites. Mais, son mari? Mme Hadol avait souligné, en ricanant, que son époux souffrait d'un rhumatisme au bras et qu'il prenait prétexte de cette douleur pour l'aider encore un peu moins que d'habitude. Avec ça, douillet comme pas un, il ne tolérait pas qu'elle le soigne. Pourtant, elle tenait de sa mère des recettes infaillibles contre les rhumatismes. Eloi s'était bien un peu étonné d'apprendre qu'en dépit de son mal, Dieudonné voulait quand même s'en aller pêcher, mais Hadol avait répliqué que le grand air et le soleil chaufferaient sa douleur. Mais ce qui avait le plus déconcerté Maspie c'est que, lorsqu'il avait proposé à son ami de l'accompagner, il s'était heurté à un visage de bois. « Je suis pas d'un bon caractère en ce moment, tu sais... Le mal, ça me rendrait plutôt grognon... Les soucis c'est pas fait pour alimenter la conversation, etc., etc. » Si bien qu'à la fin, le père de Bruno, nerveux, s'était mis à crier :

— Tu veux pas de ma compagnie, Dieudonné? Dis-le tout de suite, au moins ça sera plus franc!

L'autre avait protesté mais sans grande conviction, et son attitude intriguait tellement Eloi qu'il décida de ne plus se soucier de son amour-propre et de s'imposer. Il empoigna Hadol par son bras malade :

— Allez, vaï! cesse de faire le couillon, Hadol, et viens-t'en pêcher!

Avant de sortir, Maspie tint à demander des nouvelles de Pimprenette. La mère répondit sèchement :

— Elle est à l'hôpital.
— A l'hôpital? Dieu garde! Elle est malade?

Perrine haussa ses fortes épaules.

— Malade, oui, mon pauvre Eloi, mais pas comme vous pouvez le penser. Mademoiselle est amoureuse et moi, sa mère, qu'ai jamais réussi à la faire lever avant 8 heures du matin, il était pas encore jour qu'elle nous menait un vrai cirque dans cette maison. Et tout ça, pourquoi? Pour filer attendre son Bruno.

Eloi respira, soulagé.

— Je préfère! Vous m'aviez quasiment inquiété, Perrine!

— Maspie, j'ai une grosse estime pour vous, vous le savez; mais, de vrai, ma Pimprenette avec votre Bruno, ça me tourne les sangs!

Le mari de Célestine ne prisait pas tellement ce genre de réflexion. Il repoussa doucement mais fermement Dieudonné qui, ayant apparemment changé d'avis, voulait l'emmener à la pêche et sans perdre un instant.

— Une minute, Hadol!... Madame Perrine, qu'est-ce que vous avez voulu dire exactement?
— Que Bruno, c'est pas un parti pour ma fille.
— C'est un peu mon avis, mais puisque ces enfants s'aiment, je me montrerai pas trop regardant.
— Comment? Oh! mais attention! C'est pas une

grâce que vous nous faites! Moi, je trouve que ma Pimprenette, elle est dix fois trop bien pour votre garçon!

– Dix fois?

– Cent fois, plutôt!

Eloi regarda longuement sa vieille amie avant de déclarer d'une voix sèche :

– Madame Hadol, je me force à me rappeler que je vous connais depuis trop longtemps pour ne pas vous coller vos quatre vérités dans le nez et vous inciter à un peu plus de modestie!

– Et pour qui vous vous prenez, des fois?

– Pour quelqu'un qu'a toujours été respecté, madame Hadol, et j'ai le regret de ne pas pouvoir en dire autant de vous!

– Méfie, Eloi!... Je suis patiente, mais il y a des limites! Et tout ce que vous pourrez chanter n'empêchera pas que votre fils c'est tout de même un flic.

– Et alors?

Démontée par cette brève interrogation ressemblant à un défi, Perrine ne sut que répéter stupidement :

– Un flic... c'est un flic...

– Bruno est un flic? D'accord. Mais attention : pas n'importe quel flic! Tel que vous me voyez, j'ai causé avec le commissaire Murato, et là, en amis...

– En amis?

– Parfaitement! en amis! Il m'a avoué que sans Bruno il ne voyait pas comment il s'en tirerait!

– Et vous trouvez ça normal? Vous trouvez ça comme il faut pour l'aîné d'une famille qui..

– Je vous permets pas de juger ma famille!

– C'est pas pour mon plaisir! Mais puisque cette gourde de Pimprenette s'est mis dans la tête d'y entrer...

– Si je l'accepte!

– Vous refuseriez ma fille unique? Une enfant que tous ceux qui la voient, ils en crient d'admiration! Ils

se jettent à ses genoux quand elle passe sur la Canebière, té!
— C'est quand même une petite chapardeuse de rien du tout!
— De rien du tout? Malheureux! Tout son trousseau, elle se l'est volé sur les quais!
— Justement, madame Hadol, justement! Je me demande si c'est l'épouse rêvée pour un inspecteur appelé au plus brillant avenir...
— Eloi, vous me connaissez. Aussi vrai que je suis vivante, si vous refusez votre garçon à ma fille, elle se détruit. Et si elle se détruit, je jure par la Bonne Mère que je me rends rue Longue-des-Capucins et que je fais un carnage! Et toi, Dieudonné, tu laisses insulter ta fille sans même la défendre!
— Moi, je vais à la pêche.
— Il va à la pêche! Vous l'entendez? On me traîne dans la boue, on piétine Pimprenette, et lui, il va à la pêche! Seigneur, mais qu'est-ce que vous attendez pour me rendre veuve?
Cette prière ne parut pas troubler Hadol outre mesure et toute sa réaction consista à convaincre Maspie de le suivre jusqu'au port.
Ils étaient donc partis côte à côte et, sur le trajet les menant jusqu'au canot automobile de Dieudonné, ce dernier se contenta de remarquer :
— Cette Perrine, pour être brave, elle est brave, mais bougrement pénible par moment... bougrement!
Et puis, ils avaient pêché.
De temps à autre, Eloi, observant Dieudonné à la dérobée, surprenait des tiraillements sur son visage, des crispations. Sans aucun doute, Hadol souffrait; et Maspie-le-Grand n'aimait pas à voir souffrir.
— Oh! Dieudonné, on casse la croûte?
— Si ça te chante...
— Et comment!
Eloi ouvrit le sac que son ami avait emporté, étala

les provisions sur un des bancs du bateau et offrit du saucisson à son hôte qui secoua la tête :

— J'ai pas faim... soif seulement.
— T'es vraiment malade, Dieudonné?
— C'est ce bras...
— Tu devrais aller voir un toubib.

Tandis que Hadol buvait, Eloi mangeait tranquillement en homme pour qui la nourriture est prétexte à un rite solennel qu'il convient de ne jamais brusquer.

— Dieudonné, tu te demandes pas pourquoi je suis venu avec toi, ce matin?
— Pourquoi?
— Pour te parler.
— Ah?
— Hier soir, Célestine, elle m'a raconté de drôles d'histoires...

Et Maspie-le-Grand exposa par le menu l'opinion de sa femme touchant l'erreur de leur vie et conclut :

— Célestine est pas tellement intelligente, mais elle a du bon sens... Tu crois qu'elle a raison, Dieudonné, et qu'on s'est foutu dedans depuis le début? Et alors, Dieudonné, je te cause!

Hadol fit un effort pour reprendre pied dans le réel.

— Je... je te demande pardon... j'ai... j'ai...

Du coup, Eloi fut inquiet.

— Dieudonné, qu'est-ce que tu as? Tu vas pas t'évanouir?
— Je... je crois bien que... que... si.

Eloi n'eut que le temps de se relever, d'enjamber le banc les séparant pour recevoir dans ses bras Hadol qui piquait en avant.

— Bonne Mère!... c'est pas Dieu possible qu'un rhumatisme le fasse souffrir à ce point-là! (Il tapota les joues de son compagnon.) Oh! Hadol! Reprends-toi!

On va rentrer et tu te mettras au lit... J'irai chercher le toubib... si tu as trop mal, il te fera une piqûre...

C'est alors qu'il aperçut une goutte de sang qui, coulant sur le poignet et le dos de la main de Dieudonné, laissait derrière elle une trace rouge-noir. Maspie en demeura hébété puis, secouant l'homme évanoui, il entreprit de lui ôter sa veste. D'un geste brutal, il arracha la manche de la chemise et demeura raide devant le pansement souillé qui s'offrait à ses yeux.

– Drôle de rhumatisme...

Il défit le bandage et eut un haut-le-cœur. L'odeur que dégageait la plaie ne pouvait tromper : la gangrène s'était mise là-dedans... Au cours de son existence, Eloi avait suffisamment vu de garçons touchés par des balles pour reconnaître une blessure par arme à feu... Hadol avait reçu une balle dans le bras. Maspie se recula et retourna s'asseoir sur son banc et, tout en surveillant le blessé, il laissait la vérité s'imposer peu à peu à lui. Dieudonné... le pauvre Dieudonné à qui personne ne prêtait plus attention... Dieudonné qu'on plaignait... Dieudonné qui, chez lui, laissait Perrine porter la culotte... Tout un monde auquel Eloi croyait depuis toujours s'effondrait brutalement. Il avait l'impression qu'en arrachant le pansement de son ami il avait, du même coup, ôté le voile qui, depuis si longtemps, lui cachait la réalité. Célestine avait raison... et, avec elle, Bruno... Félicie... Eloi ne savait pas de quoi il en voulait le plus à Dieudonné : de l'obliger à constater qu'il avait raté sa vie ou de constater que son meilleur ami n'était qu'une ignoble fripouille.

Sous la morsure du soleil de midi, Hadol revint à lui et tout de suite il se rendit compte de ce qui s'était passé. Instinctivement, il porta la main à sa blessure, comme pour la cacher.

– C'est plus la peine, Dieudonné...

Geignant, soufflant, le mari de Perrine réussit à se rasseoir. Il n'osait pas lever la tête vers Maspie.

– Curieux rhumatisme, hé?
– Un... un accident...
– Té! Je me doute bien que c'est pas toi qui t'as collé une balle dans le bras pour te distraire! Qui c'est qui t'a fait ça, Dieudonné?
– Je sais pas...
– Oh! que si, tu le sais!... Tu veux que je te dise son nom? Bruno Maspie... et il t'a collé cette balle dans la nageoire, espèce de salaud, le jour où tu as essayé de le tuer! de tuer mon fils, voyou!

Vaincu, Hadol s'affaissa sur son banc.
– J'étais obligé...
– Parce que tu avais tué la Daurade?
– Oui.
– Tu avais peur qu'elle parle?
– Oui.
– Et c'est pour la même raison que tu as poignardé Picherande?
– Oui.
– J'arrive pas à y croire... toi, un assassin!
– C'est pas de ma faute... J'ai été entraîné...
– Raconte!
– Perrine m'avait envoyé réceptionner un de nos bateaux qui revenait de Gênes... Le capitaine m'avoua qu'un homme était monté à bord... un homme vraisemblablement recherché par la police italienne... J'ai piqué une belle crise de colère, parce que je ne veux pas qu'on s'amuse à ces passages clandestins qui sont toujours des sources d'ennuis... Je rentrais chez moi lorsque, dans la Montée des Accoules, je vois un type appuyé contre un mur et qui semblait plus tenir sur ses jambes. Tu sais comme je suis, Eloi? J'ai trop de cœur... Je me suis approché de ce bonhomme. Un Italien. Il m'a demandé si je connaissais un nommé Fontans-le-Riche. Tu parles si ça m'a mis la puce à l'oreille! Bref, au bout de quelques minutes de conversation j'ai compris que j'avais en face de moi mon passager clandestin et je lui ai dit que j'étais Fontans.

Je l'ai emmené chez moi, dans le petit bureau qu'on a derrière la maison, une ancienne buanderie, et là, peuchère, il a ôté sa ceinture, le Rital, et il m'a flanqué sous les yeux un tas de bijoux que j'en ai eu un éblouissement! Une fortune... Eloi, une véritable fortune... près d'un million de francs... de quoi recommencer ma vie.

– Avec Emma Sigoulès?

– Oui... Entre Perrine et moi, il n'y avait plus rien depuis longtemps... et je me doutais bien que Pimprenette allait se marier et quitter la maison... Je me suis dit qu'en Amérique je pourrais devenir quelqu'un, ce que je n'ai jamais pu être à Marseille... J'ai conduit Lanciano dans mon entrepôt-bidon, sous prétexte de le mettre à l'abri de la police... C'est là que je l'ai tué... J'ai balancé son corps dans la flotte après avoir pris les bijoux et je suis rentré pour les cacher.

– Où?

– Dans l'ancienne buanderie, dans le poêle qui sert plus... Le lendemain, j'ai tout expliqué à Emma... Il a fallu que cette idiote se fasse repérer par Picherande... Elle s'est rendu compte qu'on la filait et elle m'a prévenu... Tu connais la suite... Lorsque je me suis débarrassé de Picherande, Emma a pris peur. J'ai compris qu'elle me trahirait... J'ai été obligé de la supprimer... pourtant je l'aimais bien.

– Et Bruno?

– Il voulait venger son ami Picherande... Je me doutais qu'il me lâcherait pas et qu'il finirait par remonter jusqu'à moi... Eloi, je suis content de l'avoir raté.

– Ce n'est pas de ta faute, crapule!

Hadol leva un regard noyé de larmes vers Maspie-le-Grand.

– Il faut que tu me sortes de là, Eloi... Il y a que toi...

– Ecoute-moi, Dieudonné : Perrine ne mérite pas d'avoir un assassin pour mari... Pimprenette épouse

Bruno et je veux pas de la fille d'un criminel dans ma famille.
- Tu crois que je devrais m'en aller?
- Tu vas t'en aller, Dieudonné.
- Où?
- C'est mon affaire.
- Avec les bijoux?
- Sans les bijoux.
- Tu as l'intention de me les voler?
- Il y a trop de sang sur eux.
- Mais si j'ai pas les bijoux, avec quoi je vivrai?
- Là où tu iras, c'est une question qui se pose pas.
- Je comprends pas.

Eloi se ramassa sur lui-même, banda ses muscles et assena au menton de Dieudonné le plus formidable coup qu'il ait jamais donné de sa vie. Hadol fut littéralement soulevé de son banc par le choc et, foudroyé, bascula par-dessus bord. Maspie le regarda s'enfoncer dans l'eau comme une pierre. Il mit aussitôt le moteur du canot en marche pour s'éloigner avant que le condamné ne reparût à la surface des flots.

Livide, raidie sur sa chaise, Perrine Hadol écoutait Maspie lui raconter la mort de son mari.
- Une vraie confession, peuchère... Il ne se sentait plus le courage de vivre avec tous ces cadavres sur la conscience... et puis, cette plaie au bras qui s'était infectée... Il s'est jeté si vite à l'eau que j'ai même pas eu le temps de bouger!
- Et vous avez rien tenté pour...
- Non.
- Je croyais que c'était votre ami?
- Justement, Perrine, je tenais pas à ce qu'on le mène un matin à la guillotine... et puis, tout le déshonneur sur vous... sur Pimprenelle... Je crois que j'ai bien agi, Perrine.

Elle hésita un moment avant de dire :

– Je crois aussi.
– Pour tout le monde, nous sommes rentrés ensemble, lui et moi, vous nous avez retenus pour prendre quelque chose... et puis, il sera ressorti après mon départ... Vous avertirez la police après-demain...
– Après-demain...
– Peut-être qu'on le retrouvera... peut-être qu'on le retrouvera pas...
– Mais, et les bijoux ?
– Je vais me débrouiller pour que la police les récupère ailleurs que chez vous... Allez, vaï, Perrine... C'est un dur moment à passer... Dieudonné, il a eu un coup de folie... Maintenant, vous viendrez avec nous... vous serez de la famille...
– Eloi... cette fille... Emma... il comptait partir avec elle ?
– Pensez plus à tout ça, Perrine... Il faut pardonner aux morts... à tous les morts.
Elle secoua la tête, butée dans ce qui restait sa douleur à elle.
– Je lui pardonnerai jamais d'avoir voulu m'abandonner.
Maspie redescendait la Montée des Accoules en se disant que chacun a des chagrins à sa mesure. Que son mari ait été un meurtrier, un voleur, affectait sans doute Perrine mais qu'il l'ait trompée la bouleversait... Misère !

A la vérité, personne ne se mit martel en tête pour retrouver Dieudonné Hadol lorsque sa femme eut signalé sa disparition. On affirma à Perrine qu'on procéderait à une enquête et qu'elle serait tenue au courant, puis on la congédia et la mémoire de Dieudonné sombra dans les profondeurs des paperasses plus sûrement encore que son corps dans les vagues de la Méditerranée.
Le plus ennuyé de tous, dans cette histoire, c'était encore Maspie-le-Grand qui n'osait plus quitter la

ceinture dans laquelle il portait les bijoux de l'Italien. Il se demandait avec une angoisse que chaque heure accentuait, comment il pourrait les apporter à la police sans être soupçonné d'avoir tué Lanciano. Sans compter que si on l'arrêtait sous un prétexte ou sous un autre et qu'on déniche cette fortune sur lui, son avenir s'affirmerait des plus sombres.

Le salut vint à Eloi sous l'aspect inattendu de Toni Saliceto qui, depuis la disparition de ses lieutenants, errait comme une âme en peine. Rencontrant Maspie, il lui offrit de prendre un verre, car il lui fallait un auditeur pour entendre le récit de ses malheurs. Ce fut lorsqu'il parla de Bacagnano que l'inspiration illumina l'esprit d'Eloi.

– Un brave garçon, le Louis... un dévoué... un fidèle... Quelle foutue idée il a eue ton père de prendre son fusil! Il m'a tué le seul compagnon que j'aimais bien... Note que je lui en veux pas, au vieux, mais tout de même... c'était pas une fin pour Louis... Il méritait mieux!

– La guillotine?

– Plaisante pas avec les morts, Maspie! Ça te porterait pas bonheur!

– Il vivait avec toi, Bacagnano?

– Non... Il louait une chambre dans la rue Marignan, au 254... Note qu'il s'y rendait pas souvent... Une sorte d'asile où il se reposait de temps à autre...

– Il avait des parents?

– Non... C'était moi son seul parent, si on peut dire...

La logeuse de Bacagnano reçut assez mal Maspie-le-Grand, qui demandait à voir la chambre du défunt.

– Vous êtes de sa parenté?

– Son cousin. J'arrive tout droit d'Ajaccio. Il vous l'avait payée, sa chambre?

— Jusqu'à la semaine prochaine, même qu'il faudrait que vous la débarrassiez...

Eloi sortit quelques billets de mille.

— Pour le dérangement.

Du coup, la bonne femme se fondit en sourires et se contorsionna en salutations reconnaissantes.

— Ça fait plaisir de rencontrer des gens compréhensifs...

— Vous permettez que j'aille jeter un coup d'œil, me rendre compte où il a vécu, mon pauvre cousin?

Elle voulut l'accompagner. Il s'y opposa d'un geste très doux, avec une mine cafarde :

— C'est pour me recueillir... Nous avons été élevés ensemble...

La logeuse recula, bouleversée.

— Je... je comprends... Excusez-moi...

Maspie ne resta que quelques instants dans la chambre du Corse. Quand il en redescendit, il se sentait plus léger, mais offrit à l'hôtesse le visage grave de celui qui a eu l'occasion de réfléchir sur la mort et la vanité de l'aventure humaine. Il soupira :

— Pauvre Louis... Il n'était pas si mauvais que ça, au fond...

Gagnée par la contagion, la femme l'approuva :

— Sûrement!

— Madame, on devine, à vous voir, à vous entendre, que vous savez ce qu'est la vie...

Elle gonfla au maximum ce qui lui restait d'une poitrine depuis toujours déficiente, en un soupir tendant à exprimer la fatigue de quelqu'un pour qui les vicissitudes de l'existence n'avaient point de secret.

— C'est vrai.. pauvre de moi!

— Je ne vous apprendrai rien en vous disant que mon malheureux cousin avait des idées un peu particulières sur ce que vous et moi appelons l'honnêteté.

Elle baissa pudiquement les yeux :

— Je me le suis laissé dire, en effet... Et puis sa mort, hé? C'était pas une mort d'honnête homme, hé?

— Hélas!... Seulement, moi, je suis fonctionnaire... Ça ne serait pas bon pour mon dossier si on se doutait que je suis cousin de Bacagnano... Alors, au cas où la police viendrait ici... seriez-vous assez gentille pour pas leur parler de ma visite?...

Quelques nouveaux billets enlevèrent les scrupules hypothétiques de la logeuse qui jura par tous ses ancêtres, par tous les habitants des cieux, qu'elle préférerait être hachée menu plutôt que de porter le moindre préjudice à un homme aussi correct et aussi généreux.

En rentrant rue Longue-des-Capucins, fort content de lui et débarrassé – au propre comme au figuré – d'un certain poids, Eloi trouva Pimprenette que Célestine consolait comme elle le pouvait. Avant même que son mari ait complètement refermé la porte, elle lui cria :

— Dieudonné qu'a disparu!

En homme qu'aucune nouvelle ne prend jamais au dépourvu, Maspie réclama des détails et consola la petite du mieux qu'il le put, lui assurant que son père était assez vieux pour savoir ce qu'il faisait. Un peu plus tard, Bruno apparut et se chargea de changer les idées de Pimprenette en la serrant dans ses bras. On servit l'apéritif et, profitant d'un trou dans la conversation, Eloi jeta négligemment :

— Et toutes ces histoires de meurtres, vous commencez pas à y voir un peu plus clair, vous autres de la police?

Piteux, Bruno dut avouer qu'il piétinait tout autant que son collègue Ratières, ce qui n'arrangeait pas l'humeur du commissaire divisionnaire. Sans regarder son fils, Maspie remarqua :

— Moi, je ne suis pas policier, mais tout de même...

— Tout de même... quoi?
— J'ai pas l'impression... comment je dirais?... que vous cherchez dans la bonne direction.
— Parce que t'en aurais une à me proposer, toi?
— Moi? Et comment voudrais-tu que je sache quelque chose sur cette répugnante affaire? Ça n'empêche pas que j'ai mes idées... et qu'à votre place... enfin, vous êtes qualifiés.
— Non, non, dis ton idée.
— Pour moi, qu'est-ce que tu veux, petit, l'assassin vous le trouverez dans les familiers de Saliceto!
— Bacagnano est mort et Bastelica est enfermé.
— Le second, vous l'avez poissé et le premier, le grand-père l'a descendu bien après le meurtre du Rital.
— Mais on a fouillé toutes leurs affaires!
— Tu sais, Bruno, des hommes comme ces deux-là, ils avaient sûrement des planques un peu partout dans Marseille... Tiens, pas plus tard qu'hier, j'ai rencontré Toni... Il se console pas de la mort de Bacagnano... Au cours de la conversation, il m'a appris que Louis demeurait rue Marignan, au 254... eh bien! tu me croiras si tu le veux, je m'en serais jamais douté...

Stupéfait, Bruno s'écria :
— Nous non plus!

Eloi, redevenu complètement Maspie-le-Grand, eut un demi-sourire avant de dire :
— Là, tu m'étonnes...

En se couchant, ce soir-là, Maspie pensa à la tête que ferait Toni en apprenant que son adjoint avait dérobé une fortune avec laquelle, après la mort de Louis, il eût pu vivre sans que nul ne se doutât jamais de rien. De quoi lui gâter le moral jusqu'à la fin de ses jours. Une belle vengeance pour la gifle reçue... Eloi s'endormit la conscience légère et la joie au cœur.

Le commissaire divisionnaire Murato éprouva la plus grande surprise de sa carrière lorsque l'inspecteur

Bruno Maspie vida sur son bureau un petit sac de toile d'où coula un flot de pierreries. Il regarda ces bijoux, releva les yeux sur son subordonné et balbutia :

– Ce sont les...?
– Oui, patron... Les bijoux de Tomaso Lanciano!
– Ça, alors! Où étaient-ils?
– Dans une chambre que Louis Bacagnano avait louée rue Marignan.
– Alors... c'était lui, le tueur que nous cherchions?
– Sans aucun doute!
– Vous m'expliquerez en long et en large comment vous êtes arrivé au but, mon petit; mais d'ores et déjà je tiens à vous dire que je suis fier de vous, comme Picherande l'aurait été... En tuant Bacagnano par accident, votre grand-père a vengé, sans s'en douter, notre ami et évité les frais d'un procès au gouvernement... La famille Maspie a bien mérité de la justice!

Ainsi que l'avait prévu Eloi, Toni Saliceto dut s'aliter quand il sut que la police avait découvert les bijoux de l'Italien dans la chambre de Bacagnano. Et c'est au lit qu'on vint l'arrêter, le commissaire Murato l'accusant de complicité avec le mort. Pour échapper au soupçon du meurtre, le Corse avoua le coup de la bijouterie de la rue Paradis et s'en fut rejoindre Bastelica et Hippolyte aux Baumettes.

Célestine rayonnait. Elle éprouvait la satisfaction d'une mère poule voyant ses poussins auprès d'elle, ses poussins et aussi son vieux coq de mari. Bruno était venu conter à ses parents son extraordinaire réussite dans la solution du problème qui, depuis trop longtemps, irritait les limiers de la Sûreté Nationale. Il tenait Pimprenette contre lui, le pépé et la mémé le couvaient d'un regard où Célestine amusée crut discerner de l'orgueil, et Félicie, un sourire sur les lèvres, était visiblement fort loin de la rue Longue-des-Capucins. Quant à Eloi, il feignait d'écouter le récit de son fils sans y prêter autrement attention. Célestine se demanda si son mari ne serait pas un peu jaloux.

Bruno termina en déclarant :
— Le divisionnaire m'a laissé entendre que ma réussite allait me rapporter gros pour mon avancement, bien sûr... et vous ne savez pas? il a ajouté qu'en abattant, fût-ce par accident, un criminel aussi affreux que Bacagnano, le pépé avait rendu un fier service à la justice, qu'il était une sorte de héros!

Le vieux se rengorgea et tint à préciser :
— Je vous l'avais jamais dit, mais... ce Bacagnano, c'est pas par accident que je l'ai tué... je pense même que je l'ai fait un peu exprès...

Eloi, qui supportait difficilement d'être tenu à l'écart de cette distribution de lauriers qui n'aurait pas eu lieu sans lui, protesta :
— Allons, pépé, dis pas de sottises!

Le bonhomme prit très mal la chose et, se levant, il tint à déclarer devant la famille assemblée :
— C'est quand même malheureux, quand on est un héros, d'entendre votre propre fils vous causer de cette manière! Je vais me coucher!
— Sans dîner?

Il hésita une seconde, mais son amour-propre fut le plus fort.
— Sans manger!

On comprit alors qu'il était fâché pour de bon. Seule, Félicie, perdue dans ses songes ne s'était aperçue de rien. Voulant détendre l'atmosphère, Célestine s'approcha de son mari et, lui passant le bras sur les épaules :
— Allez, vaï! Eloi... Pourquoi tu l'avoues pas que tu es fier de ton fils?
— Je peux pas être fier d'un flic, Titine!
— Même si c'est un flic qui est mieux que tous les autres?

Maspie parut touché.

— Evidemment, ça change un peu l'aspect du problème...

Célestine insista, un peu maladroitement :

— Bruno, c'est plus la honte, mais l'honneur de la famille!

Eloi se cabra.

— Et moi, alors, qu'est-ce que je suis?

— Toi? Tu es Maspie-le-Grand!

Ce fut prononcé avec tant de tendresse dans la voix, une telle douceur dans le regard, qu'Eloi en fut ému. Parce qu'il était vraiment grand, il se contenta de répondre :

— C'est vrai.

Alors, Célestine, Bruno, la mémé et Pimprenette l'embrassèrent et, pour cacher son attendrissement, Maspie déclara :

— Dans toutes les familles, il y a quelque chose à cacher... Nous, ça sera que mon fils soit un flic. Mais, grâce à la Bonne Mère, cette honte, dans un sens, elle nous flatterait plutôt... vu les circonstances... Disons que c'est un accident qui se renouvellera pas... Pimprenette, jure-moi que tes garçons t'en feras jamais des policiers.

Avant que la petite ait pu trouver une réponse, Félicie, les yeux brillants, les joues en feu, s'agenouilla près de son père.

— Papa, faut que je t'apprenne...

— Quoi donc, ma tourterelle?

— Je voudrais me marier.

— Té! elle aussi!... Tu t'en serais doutée, Célestine?

— Un peu...

— Je vois! des secrets, des cachotteries, hé? Et comment il s'appelle celui qui espère me voler ma fille?

— Jérôme...

– Et qu'est-ce qu'il fabrique dans la vie, ce garçon qui n'a qu'un prénom?
– Inspecteur de police.

Célestine eut juste le temps de faire sauter le bouton fermant le col de la chemise de son époux, avant que Maspie-le-Grand ne risque de succomber à un coup de sang.

IMPRIMÉ EN FRANCE PAR BRODARD ET TAUPIN
Usine de La Flèche (Sarthe).
ISBN : 2 - 7024 - 1283 - 1
ISSN : 0768 - 0384